FICHES

Spécial BAC

Tle

W0386402

Philosophie

Joan-Antoine Mallet
Professeur certifié et docteur en Philosophie

Andreas Wilmes
Chercheur et docteur en Philosophie

MAGNARD

Sommaire

MÉTHODOLOGIE

EXERCICES COMMENTÉS PAS À PAS

EXEMPLES DE SUJETS : DISSERTATIONS ET TEXTES

REPÈRES

ANNEXES

Description de l'épreuve de philosophie au baccalauréat

I L'épreuve

- L'**épreuve de philosophie** fait partie, avec l'épreuve écrite de français, l'épreuve orale de français et le Grand Oral, des **épreuves universelles** du baccalauréat. Il s'agit d'une **épreuve écrite**. Il existe aussi une épreuve orale (oral de contrôle dit de « rattrapage ») qui intervient potentiellement lors du second groupe d'épreuves (communément appelé « rattrapages »).

Voir la fiche 31 « L'épreuve d'oral de contrôle (dite de "rattrapage") » pour plus d'informations sur ce point.

- L'épreuve de philosophie se tient au mois de **juin** de l'année de terminale.

- La note obtenue pour l'épreuve de philosophie compte pour **8 % de la note finale du baccalauréat**.

- La durée maximale de l'épreuve de philosophie est, sauf cas particuliers (tiers-temps, temps compensé, etc.), de **quatre heures**. Il est possible de sortir définitivement après une heure de composition, sauf avis contraire du chef de centre. Il est toutefois évident que **toute sortie prématurée est déconseillée** !

- L'épreuve de philosophie est **notée sur 20** en points entiers.

- Même s'il n'y a pas de barème pour la correction de la langue et l'orthographe, leur respect est absolument nécessaire, au risque, sinon, de voir la note globale baisser.

- Vous avez le **choix entre trois sujets : deux sujets de dissertation** et **un sujet d'explication de texte**.

Évitez à tout prix la stratégie de l'impasse, qui consiste à privilégier, lors de votre préparation et de vos révisions, un type d'exercice au détriment de l'autre. En procédant ainsi, vous réduisez les possibilités de choix et prenez le risque de devoir traiter un sujet faisant référence à une ou des notions que vous ne maîtrisez pas ou mal. Cela est d'autant plus problématique si vous délaissez la dissertation au profit de l'explication de texte : vous n'aurez alors plus aucun choix !

II La dissertation

- Les sujets de dissertation sont toujours rédigés sous forme de **question**.
- Les sujets de dissertation font toujours référence explicitement à **une ou plusieurs notions du programme officiel**.
- La dissertation n'est pas une épreuve d'histoire de la philosophie. Une accumulation de remarques générales sur la pensée et l'œuvre d'un ou de plusieurs auteurs ne saurait se substituer au **travail d'analyse et de problématisation**.

III L'explication de texte

- Le sujet d'explication de texte porte sur un **bref passage d'une œuvre dont l'auteur figure sur la liste officielle**. Sont mentionnés à la suite du passage : le nom de l'auteur, le titre de l'ouvrage, la date ou l'époque de sa composition ou de sa publication.
- Les sujets d'explication de texte font toujours explicitement référence à **une ou plusieurs notions** du programme officiel.
- Les sujets d'explication de texte n'exigent pas une connaissance de la doctrine de l'auteur ou de son œuvre. Il ne s'agit pas d'une épreuve d'histoire de la philosophie. Il faut donc absolument **éviter toute présentation générale de la vie et l'œuvre de l'auteur**.

L'existence humaine et la culture (1)

FICHE 1

- L'existence désigne d'abord le fait qu'une chose est, mais aussi, pour l'être humain, le fait de prendre conscience de ce qu'il est et de s'interroger sur le sens de cette prise de conscience.
- La culture désigne la capacité de l'homme à connaître la nature, à la modifier pour en tirer parti et, par conséquent, à se modifier lui-même.
- La perspective intitulée « L'existence humaine et la culture » s'intéresse principalement à quatre dimensions : **subjective**, **morale et politique**, **productive**, **épistémologique**.

I Existence humaine, culture et subjectivité

- La subjectivité est liée au fait que nous puissions savoir que nous existons et que nous puissions nous connaître.
- Pour Hegel*, l'être humain n'existe pas de la même façon que les autres choses du monde.

> Les choses de la nature n'existent qu'immédiatement et d'une seule façon, tandis que l'homme, parce qu'il est esprit, a une double existence ; il existe d'une part au même titre que les choses de la nature, mais d'autre part il existe aussi pour soi, il se contemple, se représente à lui-même, se pense [...].
>
> G. W. F. Hegel, *Esthétique*, 1835.

- Toutes les choses qui ne sont pas des êtres humains existent « immédiatement », c'est-à-dire qu'elles sont, mais ne savent pas qu'elles sont.
- L'être humain, au contraire, sait qu'il existe. Il est un être capable de conscience de soi et de se représenter comme différent des autres choses du monde.
- L'accès à la conscience de soi n'est malgré tout jamais facile, immédiat et total. Il y a des pensées qui résistent à tout effort d'examen, d'où l'hypothèse d'un inconscient, d'un domaine de notre pensée demeurant inconnaissable.
- Cette capacité humaine à la conscience de soi va de pair avec le temps et l'historicité*. L'être humain est à la fois tributaire et dépendant d'un passé qui le détermine, mais aussi capable de se distinguer de cet héritage et de se projeter librement vers l'avenir.

* Les astérisques « auteurs » renvoient à l'index des auteurs p. 106.
Toutes les notions suivies d'un astérisque sont définies dans le lexique p. 101.

• Ces notions d'existence, de conscience de soi et d'historicité font de l'être humain un être culturel, un être capable de se différencier de son environnement pour le connaître et le maîtriser.

II Existence humaine, culture, morale et politique

• La **dimension morale** concerne notre rapport à nous-mêmes, à autrui* et à notre environnement en fonction de valeurs telles que le bien, le mal, le juste ou l'injuste.

• Sauf cas exceptionnels, la dimension culturelle de l'être humain est intimement liée à la vie sociale, et donc à la cohabitation avec les autres êtres humains, c'est-à-dire avec **autrui**.

• Autrui désigne l'*alter ego*, un être humain qui est **comme moi** (qui suis aussi un être humain) et **différent de moi** (malgré toutes les similitudes envisageables, l'autre être humain ne sera jamais moi).

• Puisque autrui est doté d'une conscience et d'une histoire, il va lui aussi se manifester comme **être culturel**, c'est-à-dire vouloir connaître et maîtriser son environnement. Ainsi, peut-être que le projet d'autrui et le mien ne pourront pas coexister si, par exemple, nous désirons les mêmes objets.

• Nous sommes alors confrontés à la **question morale**, c'est-à-dire à la recherche de valeurs capables de déterminer nos comportements pour respecter autrui en tant qu'être conscient et libre, sans pour autant renier notre propre conscience et notre propre liberté.

• Cette dimension morale de l'existence humaine est fondamentale, car elle conditionne la culture. Sans elle, il est impossible d'envisager une entraide chez les êtres humains.

• Cette nécessité de faire cohabiter les êtres humains se retrouve, en parallèle, dans **l'exigence politique liée à la notion d'État** comme ensemble d'institutions acceptées par tous afin d'organiser les activités humaines et de garantir la cohésion de la communauté en exerçant un pouvoir sur un territoire et sur la population de ce territoire.

L'existence humaine et la culture (2)

FICHE 2

I Existence humaine, culture et production

• La **dimension productive** se rattache à notre capacité à exploiter notre milieu pour satisfaire nos besoins, mais aussi nos désirs, et, ainsi, nous perfectionner.

• Selon Marx* et Engels*, les êtres humains se singularisent par **la production de leurs moyens d'existence**, c'est-à-dire la modification consciente et délibérée de leur environnement pour en tirer un certain avantage.

> La façon dont les hommes produisent leurs moyens d'existence dépend d'abord de la nature des moyens d'existence déjà donnés et qu'il leur faut reproduire. Il ne faut pas considérer ce mode de production de ce seul point de vue, à savoir qu'il est la reproduction de l'existence physique des individus. Il représente au contraire déjà un mode déterminé de l'activité de ces individus, une façon déterminée de manifester leur vie, un mode de vie déterminé.
>
> Karl Marx et Friedrich Engels, *L'Idéologie allemande*, 1845-1846.

• Quand il produit, l'homme est capable de ne plus dépendre des lois de la nature et d'échapper à la contingence de la découverte de moyens d'existence, car la production lui permet d'exploiter la nature en la transformant.

• La production est d'abord une reproduction de la nature. Toute production repose à l'origine sur le **mimétisme**, car la nature existe avant l'homme et détermine la façon dont l'homme va produire.

• Si l'homme se contente d'imiter la nature, il ne se différenciera jamais de celle-ci. Or, l'homme est capable d'innovation. Il peut imprimer à la matière le fruit de son imagination*.

II Existence humaine, culture et épistémologie

• La **dimension épistémologique** se rapporte à notre capacité à analyser la manière dont nous produisons des connaissances, afin que ces dernières soient aussi précises et pertinentes que possible par rapport à nous-mêmes et à ce qui nous entoure. L'épistémologie peut aussi faire référence, au sens strict, à l'étude de l'histoire des sciences.

> Une théorie physique n'est pas une explication. C'est un système de propositions mathématiques, déduites d'un petit nombre de principes, qui ont pour but de représenter aussi simplement, aussi complètement et aussi exactement que possible, un ensemble de lois expérimentales.
>
> Pierre Duhem, *La Théorie physique, son objet, sa structure*, 1914.

• Le développement de la dimension culturelle de l'homme exige la possession d'un corpus de connaissances de plus en plus adéquates quant à ce qui l'entoure (la nature).

• Cette exigence est intimement liée à **la prédiction des phénomènes de la nature**. En effet, plus l'être humain sera capable de prévoir avec certitude le comportement de son environnement, plus il pourra le maîtriser et en tirer parti.

• Les connaissances tirées de cet effort de prédiction sont exprimées sous la forme de **théories scientifiques**.

• Selon Pierre Duhem*, une théorie physique (et plus largement scientifique) est un ensemble (ou une synthèse) de lois formant un système sur un sujet ou dans un domaine déterminé destiné à rendre compte des données de l'expérience.

• Pour atteindre ce but, une théorie scientifique doit chercher **la meilleure représentation des phénomènes expérimentés**, c'est-à-dire de ce qui apparaît dans notre environnement et se donne ainsi à notre observation.

• Cette représentation des phénomènes expérimentés a lieu sous forme de **« lois expérimentales »** qui mettent en évidence des récurrences (c'est-à-dire des liens de cause à effet qui se répètent suffisamment souvent) au sein de la nature.

• Le meilleur moyen d'établir une représentation de ces lois expérimentales dans le cadre d'une théorie scientifique réside dans **la schématisation géométrique et la formalisation mathématique**.

La morale et la politique (1)

FICHE 3

• Les notions de morale et de politique sont ambiguës. Elles semblent faire partie des **conditions nécessaires à la vie collective**, mais conduisent dans une certaine mesure à **la limitation de la volonté et de la liberté de chacun face aux impératifs du groupe**.

I La morale

• La **morale** concerne l'étude de la façon dont nous établissons et nous représentons les valeurs nous permettant de juger nos actions selon, principalement, le bien et le mal, aussi bien individuellement que collectivement.

• La morale a une **dimension normative et restrictive** : elle désigne les actions qui peuvent être réalisées et celles qui ne le peuvent pas, et, par extension, met en valeur ou condamne les comportements qui se conformeraient ou dérogeraient à une telle évaluation.

• Même si on comprend qu'un tel processus puisse permettre aux êtres humains de coexister, il arrive bien souvent que la morale soit transgressée, car vue comme aliénante pour notre liberté ou désavantageuse au sein d'un groupe tiraillé par les rivalités.

II La politique

• La **politique** poursuit, à certains égards, les mêmes objectifs que la morale : garantir la coexistence pacifique entre individus.

• Il ne faut toutefois pas confondre morale et politique : il peut y avoir des organisations politiques sans morale et des organisations morales non politiques.

• L'**organisation politique** (on parle aussi d'« **État** ») relève de l'**artifice**, de la mise en place, par les êtres humains, d'**institutions** (telles que la justice ou l'armée, cette liste n'étant pas exhaustive) qui vont **limiter leur pouvoir d'agir** (et donc potentiellement de se nuire).

• La **dimension coercitive** du pouvoir politique est pourtant acceptée, dans la mesure où elle est issue d'institutions délibérément créées par les êtres humains, institutions auxquelles ces derniers ont volontairement décidé de se soumettre. Les êtres humains deviennent ainsi des **citoyens** ou **sujets politiques**.

- Le pouvoir conféré aux institutions politiques et aux représentants qui les contrôlent peut toutefois être **abusif** et **nuire aux intérêts des citoyens** qui s'y étaient soumis.
- C'est pour cela que la politique est, tout comme la morale, **ambiguë**, car même si elle prétend permettre une vie en communauté pacifiée où chacun pourrait agir librement, elle peut en venir à remettre en cause les libertés individuelles.
- L'analyse de cette ambiguïté de la morale et de la politique peut être approfondie selon trois dimensions : ce sur quoi s'appuient la morale et la politique (fondements), ce qu'elles rendent possible (réalisations) et ce qu'elles visent (buts).

III Fondements de la morale et de la politique

- Il n'y a aucune morale ou politique possible sans **conscience**. Si l'être humain n'était pas capable de se représenter comme existant (et donc différent de la nature et de son déterminisme*) et de savoir que les autres pouvaient faire de même, il n'y aurait **ni acte libre** possible **ni responsabilité vis-à-vis d'autrui**.
- Le **langage** est lui aussi indispensable à la morale et à la politique, car il permet aux individus de communiquer, c'est-à-dire de se signifier mutuellement ce qui leur est plaisant ou nuisible.
- La **morale** trouve son fondement dans l'individu, et plus particulièrement dans le sentiment de **respect** et de **devoir** envers soi-même et autrui que nous pouvons potentiellement tous éprouver.
- La **politique** trouve son fondement dans la **raison** au sens de **faculté calculatoire :** les êtres humains acceptent de se soumettre au pouvoir d'institutions politiques organisant la vie commune, car cela leur est plus bénéfique que de vivre en dehors de telles institutions.
- La morale et la politique peuvent s'appuyer sur des **pratiques culturelles** comme la religion, afin de trouver les valeurs sur lesquelles asseoir leur pouvoir et la légitimité dont elles se réclament.

La morale et la politique (2)

1 Réalisations de la morale et de la politique

- L'existence de la morale et, surtout, d'institutions politiques conditionne l'existence de la culture dans ses différentes déclinaisons : justice, travail, technique, art, ou encore science.

> Par là, il est manifeste que pendant le temps où les hommes vivent sans un pouvoir commun qui les maintienne tous dans la peur, ils sont dans cette condition qu'on appelle guerre, et cette guerre est telle qu'elle est celle de tout homme contre homme. Car la GUERRE ne consiste pas seulement dans la bataille, ou dans l'acte de se battre, mais dans un espace de temps où la volonté de combattre est suffisamment connue [...].
> Par conséquent, tout ce qui résulte d'un temps de guerre, où tout homme est l'ennemi de tout homme, résulte aussi d'un temps où les hommes vivent sans autre sécurité que celle que leur propre force et leur propre capacité d'invention leur donneront. Dans un tel état, il n'y a aucune place pour une activité laborieuse, parce que son fruit est incertain ; et par conséquent aucune culture de la terre, aucune navigation, aucun usage de marchandises importées par mer, aucune construction convenable [...] ; aucune connaissance de la surface de la terre, aucune mesure du temps ; pas d'arts, pas de lettres, pas de société, et, ce qui est le pire de tout, la crainte permanente, et le danger de mort violente ; et la vie de l'homme est solitaire, indigente, dégoûtante, animale et brève.
>
> Thomas Hobbes, *Léviathan*, 1651.

- Selon le philosophe anglais Thomas Hobbes*, les hommes vivant sans institutions politiques sont dans un état de nature* assimilable à un état de guerre, une guerre « de tout homme contre tout homme ».
- Cet **état de guerre** est un état d'esprit qu'entretiennent les hommes ; il ne disparaît jamais, même s'il ne se manifeste pas explicitement tout le temps.
- L'état de guerre empêche tout développement humain. Les hommes n'entretenant que des liens conflictuels, il leur est impossible d'établir toute collaboration, tout échange, pour dépasser le stade animal auquel ils sont soumis.
- À l'état de nature, l'homme est incapable de se manifester comme être culturel et de transformer son milieu aux côtés de ses semblables

afin de satisfaire ses besoins et ses désirs à l'aide du développement de la science et des techniques.

- Seule la mise en place d'un État fera sortir l'existence humaine de la survie et lui permettra d'échapper au « danger de la mort violente ».

II Buts de la morale et de la politique

> Puisque toute connaissance, tout choix délibéré aspire à quelque bien, voyons quel est selon nous le bien où tend la Politique [...]. Sur son nom, en tout cas, la plupart des hommes sont pratiquement d'accord : c'est le bonheur [...]. Par contre, en ce qui concerne la nature du bonheur, on ne s'entend plus [...]. Les uns, en effet, identifient le bonheur à quelque chose d'apparent et de visible, comme le plaisir, la richesse ou l'honneur : pour les uns c'est une chose et pour les autres une autre chose ; souvent le même homme change d'avis à son sujet : malade, il place le bonheur dans la santé, et pauvre, dans la richesse.
>
> ARISTOTE, *Éthique à Nicomaque*, IVe siècle av. J.-C.

- Le philosophe grec Aristote* détermine le bonheur comme but de la politique et, plus largement, de la morale, ces deux notions étant, selon lui, étroitement liées.
- Cela est toutefois problématique, car il est difficile de déterminer la nature du bonheur.
- Afin de dépasser cet écueil, Aristote subordonne la vie politique et la pratique morale à la contemplation censée conduire l'homme au bonheur.
- La **contemplation** est une **activité désintéressée** grâce à laquelle l'être humain, vivant en paix et n'ayant plus à se soucier du danger d'autrui, pourra s'adonner à la recherche intellectuelle et, ainsi, devenir meilleur.

La connaissance (1)

- La connaissance est le **savoir résultant de l'acte de connaître**, c'est-à-dire d'une activité par laquelle un objet devient présent à notre esprit, d'une activité nous permettant d'en avoir une idée ou une représentation mentale.

- Il existe plusieurs manières de connaître, c'est-à-dire plusieurs façons pour un objet, qu'il soit **matériel** (perçu par le biais de nos sens) ou **immatériel** (seulement conçu au sein de notre pensée), de devenir présent à notre esprit : l'expérience sensible, l'influence du point de vue du plus grand nombre, le résultat d'une convention, l'évidence, la démonstration, la foi*, la vérification expérimentale, la croyance*, la confiance (cette liste n'est pas exhaustive)...

- Une telle diversité de sources pour la connaissance pose toutefois problème : quelles sont les façons susceptibles de nous mener à une représentation mentale correcte d'un objet, qu'il soit matériel ou immatériel ?

- Nous devons ainsi mettre en ordre cette diversité de sources de connaissance, afin de répertorier les **différents types de connaissance** en fonction de leur fiabilité.

- Il existe tout d'abord un type de connaissance relevant de **l'opinion** et de la **croyance courante** (à ne pas confondre avec la croyance religieuse désignée par la foi). Il s'agit d'une connaissance relative, provisoire, changeant d'un individu à l'autre ou apte à se modifier dans l'esprit d'une seule et même personne et qui n'a donc pas un très fort degré de fiabilité.

- Il existe ensuite un type de connaissance de l'ordre des **sciences expérimentales**, un type de connaissance cherchant à aboutir au savoir le plus **probable** possible à partir de ce dont nous faisons **l'expérience récurrente** et visant les **prédictions** les plus fiables possible afin d'expliquer les lois de la matière (physique, chimie) et du vivant (biologie). Ce type de connaissance repose sur la **méthode inductive** (formulation de lois générales à partir de cas particuliers concordants).

- Il existe enfin un dernier type de connaissance : celui-ci, qui dépend du domaine des **sciences exactes**, vise à démontrer la cohérence des raisonnements et à établir des égalités algébriques ou géométriques. Ce type de connaissance repose sur la **méthode hypothético-déductive** (formulation d'enchaînements logiques d'idées à partir de données de départ déterminées par l'esprit).

- Ces formes de connaissance semblent déterminées par la **valeur des prédictions** qu'elles peuvent nous fournir : certaines seront tout le temps vraies **(nécessité)**, d'autres ne le seront que ponctuellement **(contingence)**. Quelque chose est nécessaire quand il est impossible de le concevoir autrement qu'il n'est (ne change jamais quelles que soient les circonstances, reste toujours identique, ne peut pas se produire autrement). Quelque chose est contingent quand il est possible de le concevoir autrement qu'il n'est (peut changer en fonction des circonstances, peut arriver ou non).

- Ces formes de connaissance peuvent avoir des objets différents et des champs d'application (c'est-à-dire l'ensemble des objets étudiés) plus ou moins étendus allant de l'universel au particulier, en passant par le général. Quelque chose d'**universel** concerne l'ensemble des choses qui existent dans un domaine donné. Quelque chose de **particulier** ne concerne qu'une partie des choses qui existent, ou même qu'une seule chose qui existe. Enfin, quelque chose de **général** concerne la pluralité, si ce n'est la majorité, des individus d'un domaine donné.

- Ces formes de connaissance se partagent enfin entre objectivité et subjectivité. Est **objectif** quelque chose qui existe indépendamment de nous, de notre jugement et de nos préférences. Est **subjectif** ce qui concerne le point de vue de chacun.

- L'analyse de ces différentes formes de connaissance peut être approfondie selon deux dimensions : leurs fondements et les domaines auxquels elles s'intéressent.

La connaissance (2)

FICHE 6

I Fondements de la connaissance

• La notion de connaissance se fonde sur plusieurs autres notions : raison, langage, science et vérité.

Voir les fiches notions 16 « La raison », 15 « Le langage », 11 « La science » et 18 « La vérité » pour plus d'informations sur ces points.

• La raison fait référence à la capacité de l'esprit humain à, d'une part, produire des enchaînements nécessaires et justifiés d'idées, et, d'autre part, à se donner les bases, les fondements nécessaires à ces enchaînements d'idées pour aboutir à des conclusions à leur tour nécessaires (ou, si elle ne s'est donné des fondements que seulement probables, aboutir à des conclusions les plus probables possible).

• La raison s'emploie aussi bien dans les sciences exactes que dans les sciences expérimentales.

1. Raison et sciences exactes

• La raison assure la production de connaissances nécessaires en ayant recours au mécanisme de la démonstration.

• Une démonstration se compose de prémisses (données de départ), d'un enchaînement logique d'idées et d'une conclusion.

• Le mécanisme démonstratif s'appuie sur deux autres mécanismes : l'intuition des prémisses et la déduction logique des idées.

• L'intuition ne vient ni de l'expérience sensible (car elle est contingente) ni de l'imagination qui recompose des images originales ne correspondant pas forcément à objet existant.

Par *intuition* j'entends, non point le témoignage instable des sens, ni le jugement trompeur de l'imagination qui opère des compositions sans valeur, mais une représentation qui est le fait de l'intelligence pure et attentive, représentation si facile et si distincte qu'il ne subsiste aucun doute sur ce que l'on y comprend [...].

René Descartes, *Règles pour la direction de l'esprit*, c. 1628.

• L'intuition est indubitable et évidente : elle s'impose à notre esprit car on ne peut pas trouver d'alternative à ce qu'elle nous présente. Elle est si forte que nous n'avons pas besoin de la prouver. Elle est objective, et donc garantit l'objectivité de la démonstration.

On donne le nom d'*expérimentateur* à celui qui emploie les procédés d'investigation simples ou complexes pour faire varier ou modifier, dans un but quelconque, les phénomènes naturels et les faire apparaître dans des circonstances ou dans des conditions dans lesquelles la nature ne les lui présentait pas.

Claude Bernard, *Introduction à l'étude de la médecine expérimentale*, 1865.

• Selon Descartes*, la **déduction** est « la pure et simple inférence d'une chose à partir d'une autre » (*Règles pour la direction de l'esprit*), c'est-à-dire un enchaînement de propositions selon les règles de la logique elles-mêmes évidentes et découvertes par intuition.

2. Raison et sciences expérimentales

• La raison intervient dans les sciences expérimentales pour contrôler et enchaîner correctement les informations tirées de l'expérimentation.

• Le but de l'**expérimentation** est, selon le médecin et physiologiste français Claude Bernard, d'avoir un nombre suffisant de phénomènes identiques pour pouvoir découvrir des récurrences et, ainsi, les principes qui les contrôlent.

II Domaines de la connaissance

• La connaissance s'intéresse au **domaine théorique** (propre à la pensée) et au **domaine empirique** (lié à l'expérience).

• Au sein du domaine empirique, la connaissance s'intéresse à **la nature** et à **l'être humain**.

• La **connaissance de la nature** s'intéresse à l'ensemble formé par le règne minéral, le règne végétal et le règne animal, ensemble qui obéit à des règles et des lois identifiables.

• La **connaissance de l'être humain** comprend plusieurs aspects : connaissance de l'être humain en tant que **sujet capable de conscience de soi**, connaissance de l'être humain en tant qu'**être social, moral et politique**, et connaissance de l'être humain en tant qu'**être culturel**.

L'art

FICHE 7

Pris dans son sens littéral, l'art englobe le travail de l'artisan et les beaux-arts (peinture, sculpture, musique, danse, poésie). C'est à partir du XVIIIe siècle que l'art désigne plus précisément ce qui a trait à la représentation du beau. L'**esthétique** est la branche de la philosophie qui s'attache à déterminer ce qui fonde notre expérience du beau.

I L'idée du beau

- Tout comme la peinture, la sculpture et la musique, **l'artisanat** est une activité humaine visant à produire des objets. Le travail de l'artisan, comme celui de l'artiste, implique des règles et un certain savoir-faire.

- Dès lors, qu'est-ce qui différencie l'art de l'artisanat ? La *technè* (voir fiche 17 « La technique ») de l'artisan implique une cause finale se définissant par l'utilité (la chaise sert à s'asseoir). Le **plaisir esthétique** qu'elle génère est, en revanche, la seule finalité de l'œuvre d'art.

- Ce plaisir esthétique n'est autre que l'expérience du beau. Dans l'*Hippias majeur*, Platon* soutient que le beau est irréductible à l'utile et à l'avantageux.

Platon (v. 428-348 av. J.-C.) : philosophe grec. Son œuvre pose les premiers fondements de l'histoire de la philosophie occidentale.

- **L'utile** est une puissance mobilisée en vue d'une fin. Étant donné que sa nature n'est pas spécifiée, cette fin peut être mauvaise. Or, cela contredit l'idée que nous nous faisons du beau.

- **L'avantageux** est ce qui relie l'utile à un effet positif. Ce raisonnement suppose une distinction entre la cause et l'effet : nous jugeons ici du beau en fonction des bons effets (c'est-à-dire l'avantageux) qu'il produit. Or, cela signifie que le bien serait propre à l'effet, et non immanent à la cause (c'est-à-dire le beau). Ce qui contredit une fois encore l'idée que nous nous faisons du beau.

- Platon définit le beau comme une idée absolue. Ce que nous percevons comme beau est la représentation ou l'imitation d'un archétype qui se tient au-delà des fluctuations du monde sensible.

- On trouve ici la conception classique de la beauté dans l'art, beauté liée à l'harmonie du cosmos.

II Relativisme esthétique

• Chez Platon, la norme du beau est **objective** (elle ne dépend pas de la personne qui regarde, mais de la chose regardée) et **universelle**.

Voltaire (1694-1778) fut l'un des principaux représentants de la philosophie des Lumières.

• Dans son *Dictionnaire philosophique*, Voltaire* observe que la conformité à un archétype ne nous renseigne en rien sur la nature du beau. Un médicament qui nous guérit de nos maux est conforme au modèle idéal du médicament. Pourtant, nous ne disons pas d'un médicament qu'il est beau…

• La beauté d'une œuvre d'art ne saurait faire l'objet d'une démonstration logique. On ne peut débattre de la beauté comme nous débattons de concepts ou d'idées.

• Selon Voltaire, l'expérience nous enseigne que ce que nous nommons « beau » repose sur nos sentiments de « **plaisir** » et d' « **admiration** ». Or, ces deux sentiments varient suivant les individus et les cultures. La beauté implique un plaisir esthétique **subjectif** et **relatif** qui n'est en aucun cas désintéressé.

III L'esthétique kantienne

• Pour Kant*, « est beau ce qui plaît universellement sans concept ». Bien que le plaisir esthétique n'appartienne pas au domaine des concepts, et bien qu'il repose sur le sujet, la beauté de l'œuvre d'art peut néanmoins **prétendre à l'universalité**.

• La belle œuvre d'art ne vise aucune fin précise (elle n'est pas du domaine de l'utile), et pourtant tout en elle semble finalisé en vue du beau.

• Cette impression d'une finalité ne reposant sur aucune base conceptuelle ou objective mobilise le **« libre jeu » des facultés** de l'entendement et de l'imagination partagées par tous les sujets.

• Ce « libre jeu » des facultés permet la satisfaction esthétique et la jouissance d'un plaisir purement désintéressé lors de la contemplation de l'œuvre d'art.

Le devoir

FICHE 8

Le devoir est une forme d'obligation pouvant s'imposer par le droit, les conventions sociales ou religieuses, la responsabilité qui m'incombe par rapport à mon travail ou à mes fonctions, etc. Ici, nous nous intéresserons principalement au devoir en tant qu'obligation morale.

I L'impératif catégorique

- Pour Kant*, la morale est une loi qui m'est propre en tant qu'être rationnel. Le droit, au contraire, représente une loi qui m'est extérieure. En termes de devoir, le droit relève de l'hétéronomie, tandis que la morale relève de l'autonomie.
- Le devoir moral n'est pas dicté par les sentiments, mais par des motifs rationnels qui relèvent de ce que Kant nomme l'impératif catégorique.
- À la différence de l'impératif catégorique, l'impératif hypothétique définit un devoir conditionnel en fonction de ce qu'une personne particulière veut. S'il veut boire une bouteille de whisky, l'alcoolique doit se la procurer dans un supermarché ou une épicerie. Autrement dit, l'impératif hypothétique définit des moyens en vue d'une fin particulière (il est en cela comparable au syllogisme* pratique d'Aristote*).
- L'impératif catégorique est une obligation dictée par la raison, obligation qui ne concerne ni nos besoins ni nos désirs immédiats. Il s'agit d'un devoir universel nous concernant tous en tant qu'agents moraux.
- Dans ses *Fondements de la métaphysique des mœurs*, Kant donne plusieurs formulations de l'impératif catégorique. Celle qui demeure la plus célèbre est : « Agis toujours de telle sorte que la maxime* de ton action puisse être tenue pour une loi universelle. »
- Attention ! L'impératif catégorique n'est pas une simple reprise de la règle d'or (« Ne fais pas aux autres ce que tu ne voudrais pas que l'on te fasse »). Pour Kant, l'impératif catégorique permet de déterminer ce qui est possible ou impossible de vouloir pour un être rationnel.

Exemple :
Ne pas mentir est un devoir moral, car même un menteur ne peut rationnellement vouloir que le mensonge soit érigé en loi universelle.

II Peut-on fonder le devoir moral sur la raison ?

David Hume (1711-1776) : philosophe écossais. Il est l'un des plus importants représentants du courant empiriste.

- Selon Hume*, les instincts* naturels et les passions* (la joie, l'aversion, la peur, l'espoir) sont des **impressions sensibles**, alors que les idées sont **des copies d'impressions**.
- La raison appartient au domaine des idées. Nous pouvons dire si les idées sont contradictoires ou non. Nous pouvons examiner les relations logiques entre différentes idées ou bien déterminer de quelles impressions premières celles-ci procèdent.
- Mais les instincts naturels et les passions, qui motivent nos actions, sont des impressions qui ne sont pas représentées. Dès lors, les idées, différentes des instincts et passions, ne peuvent contredire, influencer ou bloquer ces dernières.
- La raison, et par extension un devoir moral rationnel, ne saurait donc motiver nos actions.

III L'utilitarisme

- La perspective de Kant est **déontologique** : ce sont les maximes de nos actions qui importent, non leur résultat.
- Pour **l'utilitarisme**, défendu par des philosophes comme Bentham* ou Mill*, ce sont au contraire les résultats de nos actes qui importent.
- Parmi toutes les actions possibles, ce sont celles qui causent le plus de plaisir ou de bonheur et le moins de douleur ou de déplaisir pour le plus grand nombre qu'il faut privilégier. L'objectif est la **maximisation du bien-être** pour la majorité.
- Sous cet angle, il serait faux d'affirmer, comme le fait Kant, que dire la vérité est un devoir moral inconditionnel. Pour l'utilitariste, mentir peut devenir un devoir, notamment s'il s'agit de cacher une personne poursuivie par un criminel.

La justice

FICHE 9

Nous parlons d'injustice lorsque, par exemple, deux personnes sont traitées de manière différente alors qu'elles ont commis des crimes en tous points similaires. Cela montre que nous associons l'idée de justice aux notions d'**équilibre**, d'**égalité** et d'**impartialité** (soit la balance de Thémis, déesse de la Justice, et le bandeau recouvrant ses yeux).

I Justice commutative et justice distributive

- Dans l'*Éthique à Nicomaque*, Aristote* observe : « Il semble bien que soit injuste celui qui cherche à avoir plus et s'écarte de l'égalité. »
- Deux formes de justice visent à garantir l'égalité : la justice commutative (ou « juste correctif ») et la justice distributive.
- La **justice commutative** vise à rétablir l'équilibre à la suite d'un dommage subi.
- La **justice distributive** concerne l'égalité quant aux « partages d'honneur, de richesses et des autres choses qui se partagent entre les membres de la communauté politique ».
- À la différence de l'égalité du « juste correctif » (qui, comme l'illustrent les « dommages et intérêts », est d'ordre arithmétique), **le juste distributif** repose sur l'égalité proportionnelle (ici, le juste est ce que chacun reçoit selon son mérite).

II Les droits de l'homme

- Le premier article de la *Déclaration universelle des droits de l'homme* stipule : « Tous les êtres humains naissent libres et égaux en dignité et en droits. Ils sont doués de raison et de conscience et doivent agir les uns envers les autres dans un esprit de fraternité. »
- Les hommes n'ont pas les mêmes aptitudes physiques et intellectuelles. De plus, certains sont plus riches et/ou bénéficient d'un environnement plus confortable que d'autres. Autrement dit, les hommes sont inégaux *en fait*.
- Cependant, tous les hommes sont **égaux en droits**. Cette égalité est celle de la **dignité humaine**. La dignité fonde moralement et rationnellement l'égalité des hommes du point de vue du **droit naturel***.

III La « passion pour l'égalité »

Alexis de Tocqueville (1805-1859) : historien et homme politique français. Son ouvrage majeur, *De la démocratie en Amérique*, met en garde contre les possibles excès de la « passion pour l'égalité ».

- Selon Tocqueville*, un des risques encourus par les sociétés démocratiques est que la justice soit menacée par une **passion démesurée des hommes pour l'égalité**.
- Il écrit : « Il y a en effet une passion mâle et légitime pour l'égalité qui excite les hommes à vouloir être tous forts et estimés. Cette passion tend à élever les petits au rang des grands ; mais il se rencontre aussi dans le cœur humain un goût dépravé pour l'égalité, qui porte les faibles à vouloir attirer les forts à leur niveau, et qui réduit les hommes à préférer l'égalité dans la servitude à l'inégalité dans la liberté. »
- Lorsque la passion pour l'égalité perd son sens de la mesure, alors l'idéal d'égalité finit par écarter celui de la liberté (« soyons égaux, le reste importe peu »).
- Or, l'égalité sans la liberté mène au **conformisme** et à la **tyrannie de la majorité** (quel que soit le bien-fondé de leurs opinions, les minorités seront rendues similaires et égales au plus grand nombre).
- Qui plus est, lorsque l'État satisfait les besoins matériels et le « goût dépravé pour l'égalité » de ses sujets, ces derniers risquent de plus en plus de **se désintéresser des affaires publiques**.
- Ce phénomène est susceptible d'ouvrir la voie à une nouvelle forme de pouvoir **despotique**. En somme, au-delà d'un certain seuil, la passion pour l'égalité pourrait mener à la destruction de l'équilibre indispensable à un État juste.

Méthodologie pour la dissertation

FICHE 28

On demande, dans une dissertation, d'être capable de voir qu'une réponse immédiate à la question posée par le sujet est impossible. La dissertation va être **l'exposé de toutes les difficultés rencontrées** et une **tentative personnelle de répondre à ces difficultés**.

I Travail préparatoire au brouillon

Règle n° 1

Il faut obligatoirement diviser le travail de dissertation en plusieurs phases : une **phase préparatoire au brouillon**, une **phase de rédaction au propre** et une **phase de relecture**. Consacrez au moins entre 1 h et 1 h 30 à la préparation au brouillon. Consacrez au moins 15 minutes à la relecture.

Règle n° 2

Il faut **analyser** le sujet. Bannissez tout recopiage ou toute reformulation.

a. Il faut **identifier** et **définir** les termes du sujet. Partez des usages courants, de l'étymologie, des termes proches et du cours.

b. Il faut se soumettre à un **approfondissement conceptuel** pour circonscrire le sujet, en recherchant les termes selon deux rubriques : **opposés** et **entretenant une relation de dépendance**. Procédez sous forme de tableau à double entrée (une colonne pour chacune des deux rubriques, une ligne pour chaque concept) en vous aidant de la règle 2a.

c. Il faut mettre en évidence **l'unité** du sujet. Identifiez les liens grammaticaux entre les mots du sujet.

d. Il faut déterminer **le ou les concepts (idées générales) les plus importants** au sein du sujet. Identifiez le concept qui, s'il n'était pas défini, empêcherait toute compréhension du sujet.

e. Il faut déterminer des **pistes initiales de questionnement**. Formulez les différentes façons dont on peut comprendre le sujet à l'issue de son analyse.

Règle n° 3

Il faut produire une **problématique** (questionnement, problème, idée directrice). Utilisez le matériau de l'analyse du sujet (règle n° 2).

a. Il faut établir un **questionnement** à partir des pistes initiales trouvées en 2e.
Écrivez toutes les questions qui vous viennent à l'esprit à partir de chacune des pistes initiales.

b. Il faut choisir un **problème** au sein du questionnement.
Sélectionnez la question qui vous semble la plus propre à remettre en cause vos certitudes quant au sujet posé, et qui synthétise toutes les interrogations trouvées en 3a.

c. Il faut identifier une **idée directrice** (également appelée « thèse ») pour répondre au problème choisi.
Envisagez l'idée directrice comme le résumé de la réponse que vous allez apporter au sujet posé.

Règle n° 4

Il faut produire un **plan détaillé et logique** à partir des éléments de la problématique tirés de la règle n° 3. Voir la fiche 29 « Méthodologie du plan » pour plus de précisions.

II Travail de rédaction au propre

Règle n° 5

Il faut utiliser les éléments tirés des règles n° 2 et n° 3 pour rédiger l'**introduction**, en y ajoutant une **accroche** justifiant la nécessité de s'interroger sur le sujet posé. Partez d'un exemple pour construire plus facilement l'accroche. Annoncez le plan du développement à la fin de l'introduction.

Règle n° 6

Il faut utiliser les éléments tirés de la règle n° 4 pour rédiger le **développement** de la dissertation. Traitez une question par partie et exprimez une idée par paragraphe. Ménagez des transitions entre chacune des parties.

Règle n° 7

Il faut que la conclusion rappelle avec sobriété le **sujet**, le **problème** mis en évidence, **l'idée directrice** et le **cheminement argumentatif** suivi pour la justifier. Bannissez toute forme d'ouverture.

Méthodologie du plan

FICHE 29

I Remarques générales

- Il est absolument primordial que le développement de votre dissertation soit exposé selon un plan : c'est le seul moyen de garantir un enchaînement rationnel, et non aléatoire, de vos idées.
- Il n'existe **pas de plan universel** s'appliquant automatiquement et magiquement à tous les sujets de dissertation.
- Il existe toutefois **différents types de plans** que vous devez connaître et qui vont vous aider à structurer le développement de votre dissertation en fonction du sujet.
- Par commodité et souci de cohérence avec la forme des sujets soumis au baccalauréat (qui sont théoriquement toujours des interrogations fermées invitant au débat), nous nous concentrerons ici sur un seul type de plan : le **plan dialectique**.

Voir la fiche 28 « Méthodologie pour la dissertation », afin d'obtenir plus d'informations sur ce point.

II Marche à suivre pour construire correctement un plan dialectique

- Le plan dialectique se compose usuellement de **trois parties (thèse, antithèse et synthèse)** et **deux transitions** qui, toutes, participent à l'approfondissement de la justification de votre idée directrice.

1re partie

La première partie (thèse) doit **présenter l'idée directrice** retenue au brouillon, mais également **justifier la véracité de cette dernière** à l'aide de constats (c'est-à-dire d'exemples suffisamment nombreux et crédibles) ou de références philosophiques.

Transition

La première transition doit indiquer le caractère discutable et limité de votre travail de justification de la véracité de la thèse (travail mené dans la première partie), à l'aide d'un contre-exemple ou d'une objection logique. L'objectif, ici, est de montrer que vous ne pouvez pas vous contenter de ce que vous avez écrit dans la première partie pour défendre votre idée directrice.

2e partie

La deuxième partie (antithèse) doit présenter et justifier la réfutation (c'est-à-dire la critique organisée) de votre travail de justification de la véracité de la thèse (travail mené dans la première partie), à l'aide de **constats opposés** ou de **nouvelles références philosophiques**. Attention toutefois à ne pas contredire de manière stérile et superficielle la première partie.

Transition

La deuxième transition doit présenter une hypothèse argumentative permettant de ne pas en rester à une opposition stérile entre les deux premières parties. L'objectif, ici, est de montrer que vous êtes capable d'envisager **un nouvel argument** venant contrer la réfutation développée dans la deuxième partie, afin de défendre l'idée directrice présentée tout au long de la première partie.

3e partie

Attention : élaborer un plan dialectique ne veut jamais dire adopter une progression stérile et éclectique (« oui, non, oui et non ») ; cela donnerait lieu à un développement sans véritable conclusion (vous ne défendez rien) ou, pire, contradictoire (vous dites tout et son contraire).

La troisième partie (synthèse) doit rapprocher et réunifier les points de vue opposés présentés dans les parties précédentes, et ce, à l'aide du nouvel argument envisagé dans la transition. Vous pouvez, là encore, avoir recours à des constats ou à des références philosophiques.

La nature

FICHE 10

On entend ordinairement par « nature » tout **ce qui n'a pas été transformé par l'activité de l'homme**, voire tout ce dont l'existence pourrait se concevoir indépendamment de ce dernier. Autrement dit, la nature s'opposerait à tout ce qui appartient au domaine de l'artifice ou de la culture. Néanmoins, nous connaissons également la notion de **« nature humaine »**, qui désigne les caractéristiques fondamentales de l'homme (appartenant à la fois aux domaines de la nature et de la culture).

I L'inanimé et le vivant

• Par **« âme »**, Aristote* désigne la faculté distinguant les êtres vivants des choses inanimées. Selon lui, on peut discerner trois catégories d'êtres vivants : les **végétaux**, les **animaux**, et les **êtres humains**. Chaque nouvelle classe d'êtres inclut les facultés des précédentes (nous allons du simple au complexe) :

– Les végétaux se caractérisent par la faculté de se nourrir et d'engendrer. Il s'agit de l'âme en son type le plus élémentaire : l'**âme végétative ou nutritive**.
– Tout comme les végétaux, les animaux se nourrissent, croissent et se reproduisent. Mais ce sont également des êtres doués de sensations. Les animaux ont une **âme sensitive**.
– Les hommes ont une âme végétative et sensitive, mais également une **âme intellective**. En effet, ce qui distingue l'homme des autres animaux est sa faculté à connaître.

• Nous voyons donc que la nature du vivant présuppose toujours l'âme végétative. À son niveau le plus élémentaire, le vivant se caractérise par un principe inné de perpétuation de l'individu et de l'espèce.

II Culture et nature humaine

• Dès lors, n'est-il pas dans la nature des hommes, doués d'une âme intellective, de fonder et d'appartenir à une culture ?

• Selon Hobbes*, l'homme n'est pas un être culturel à l'état de nature, qui est celui de la « guerre de tous contre tous » (voir fiche 14 « L'État », fiches 3 et 4 « La morale et la politique »).

À l'état de nature, la violence et la rivalité privent les hommes de toute activité durable et stable. Autrement dit, les hommes ne sont pas en mesure d'œuvrer ensemble à la transformation de leur milieu naturel.

- La culture n'est possible qu'à condition que les hommes se défassent de leur droit naturel à user de la force et se placent sous la protection de l'État. Or, l'État est un **« corps artificiel »** : il résulte d'un contrat social qui est de l'ordre de la convention ou du pacte.

- Hegel* critique l'approche de Hobbes et, par extension, l'opposition radicale entre nature et culture.

- Il observe que de nombreux malentendus proviennent du double sens du mot « nature ». D'une part, **la nature désigne l'origine**, c'est-à-dire le mode d'être immédiat de l'homme. D'autre part, **la nature désigne le fondement**, c'est-à-dire ce par quoi l'homme se justifie d'un point de vue rationnel.

- Il s'ensuit qu'il ne faudrait pas réduire la nature au stade originel de l'homme. Pour Hegel, la culture est ce par quoi l'homme réalise sa nature. Pour comprendre la « nature humaine », il convient de voir comment les hommes ont mis en forme leur propre liberté au cours de l'histoire*.

III La position existentialiste

Jean-Paul Sartre (1905-1980) : écrivain et philosophe français. L'existentialisme de Sartre récuse la notion de nature humaine.

- Selon Sartre*, contrairement au monde naturel qui l'entoure, l'homme se caractérise par le fait que son « existence » précède son « essence ».

- En d'autres termes, l'homme est constamment contraint de se définir par ses actes. Mais il est, du même fait, un être radicalement libre, capable de remettre en cause (de « néantiser ») ce qui semble le définir par nature.

- Ainsi, selon Sartre, il serait vain de parler d'une nature humaine. L'homme serait plutôt cet être qui « se choisit en face d'autrui, de l'amour, de la mort, du monde ».

La science

FICHE 11

On affirme souvent que la science se distingue des autres disciplines par l'usage systématique de l'observation et de l'expérimentation. Mais la philosophie des sciences, ou **épistémologie**, entend définir la nature de la démarche scientifique de manière plus précise.

I L'inductivisme naïf

- **L'inductivisme**, du moins sous sa forme dite « naïve », défend l'idée que nos connaissances scientifiques (principes ou lois de la nature) procèdent strictement d'une observation impartiale des phénomènes.

Exemple :
Affirmer que la découverte de la loi de la chute des corps par Galilée (1564-1642) reposerait essentiellement sur l'observation (le fameux « plan incliné » de Galilée) est une forme d'inductivisme naïf.

II Le problème de l'induction

- David Hume* (1711-1776) a exposé le problème de l'induction dans son *Traité de la nature humaine.*

- Partons d'un principe central de la **déduction logique** : les conclusions d'un syllogisme ne peuvent être universelles que si les prémisses de ce même syllogisme sont universelles. Soit l'exemple classique du syllogisme : « Tous les hommes sont mortels ; or, Socrate est un homme ; donc Socrate est mortel. »

- Or, l'inductivisme naïf repose sur un paralogisme*. En effet, cette forme d'inductivisme vise des conclusions universelles à partir de prémisses particulières : observer, même de très nombreuses fois, que le phénomène x est suivi du phénomène y n'autorise pas à conclure que x est toujours suivi de y.

- L'induction ne nous permet pas de conclure à des lois causales universelles.

- Pour dépasser l'inductivisme naïf, il faut soutenir que l'observation et l'expérience ne nous livrent pas de conclusions universelles, mais nous informent en termes de **probabilité**.

III La falsifiabilité

Karl Popper (1902-1994) : philosophe des sciences à l'origine de la théorie de la falsifiabilité.

• Karl Popper* part du problème de l'induction et affirme qu'aucune théorie scientifique ne peut être tirée de l'observation. La science repose sur une démarche déductive.

• Dans *Conjectures et réfutations*, il pose la question du **critère de démarcation** : qu'est-ce qui distingue la science de la non-science ou de la pseudoscience ?

• Le critère de démarcation de la science est la **falsifiabilité ou réfutabilité** des théories.

• Certains énoncés comme « Demain, il va ou il ne va pas pleuvoir » (tout comme les prédictions de l'horoscope) seront toujours vérifiés par l'expérience. Contrairement aux théories scientifiques, ces énoncés ne sont pas réfutables.

• Si l'on peut logiquement déduire d'une théorie un phénomène qui la réfuterait, alors cette théorie peut être qualifiée de « scientifique ». Par exemple, on peut logiquement déduire que la loi de Galilée serait fausse si, comme le soutenait Aristote*, la vitesse de chute des corps lourds était supérieure à celle des corps légers.

• Une théorie scientifique qui passe le test de la réfutabilité est corroborée par l'expérience (et non simplement vérifiée, comme dans l'énoncé précédemment mentionné sur la pluie).

• Les grandes avancées scientifiques sont liées à des théories qui sont non seulement corroborées par l'expérience, mais qui proposent également des **prédictions risquées**.

• Selon Popper, l'histoire des sciences est une quête infinie mais légitime de la vérité à travers une série de conjectures et réfutations. Or, certains philosophes affirment que la théorie de la falsifiabilité n'est pas fidèle à l'histoire concrète des sciences.

• Pour **Thomas Kuhn*** (1922-1996), les révolutions scientifiques ne s'expliquent pas par la falsifiabilité, mais par des changements de modèle de pensée ou de **paradigme** (par exemple, le passage du géocentrisme à l'héliocentrisme).

• Pour **Imre Lakatos*** (1922-1974), le noyau théorique dur d'un programme de recherche scientifique est protégé par des **hypothèses auxiliaires** qui le prémunissent contre la falsifiabilité.

Le travail

FICHE 12

Le travail est nécessaire à la **survie de l'homme** dans son milieu naturel et à la **satisfaction de ses besoins**. Par le travail, l'être humain ne réalise pas ses désirs de manière immédiate : il fait preuve d'**efforts**. Étant donné que le travail se caractérise par la nécessité et la pénibilité, on peut se demander si cette activité est compatible avec la liberté de l'homme.

I Le fardeau des hommes

- Dans l'Antiquité gréco-romaine, le travail manuel était généralement méprisé et réservé aux esclaves. Les « hommes libres » s'adonnaient à la guerre, à la politique, aux loisirs ou aux activités intellectuelles.
- Dans les *Politiques*, Aristote* soutient que la distinction entre le travail servile et les activités plus élevées de l'homme est conforme à la distinction naturelle entre maîtres et esclaves.
- Dans l'Ancien Testament, Adam (et, par extension, l'humanité entière) est condamné à la pénibilité du travail à la suite du **péché originel**.
- Toujours dans l'Ancien Testament, l'Ecclésiaste (2:22-23) s'interroge :

« Que revient-il, en effet, à l'homme de tout son travail et de la préoccupation de son cœur, objet de ses fatigues sous le soleil ? Tous ses jours ne sont que douleur, et son partage n'est que chagrin ; même la nuit son cœur ne repose pas. »

II Hegel : le caractère formateur du travail

- Une vision différente du travail ressort de la **dialectique du maître et de l'esclave** dans la *Phénoménologie de l'esprit* de Hegel*.
- Hegel soutient que la servitude du maître repose sur le fait qu'il ne travaille pas. Il dépend en réalité du travail de l'esclave et se contente d'en jouir.

Georg Wilhelm Friedrich Hegel (1770-1831) : philosophe allemand. Il est à l'origine d'un système philosophique ambitieux englobant l'histoire, la science, la religion, l'art et la politique. Sa *Phénoménologie de l'esprit* (1807) constitue son œuvre la plus célèbre.

• En travaillant, l'esclave apprend tout d'abord à **différer la satisfaction de ses désirs**.

• Par son travail, l'esclave imprime également la marque de son activité sur le milieu naturel. Il est, en quelque sorte, amené à voir son reflet dans le fruit de son travail, qui serait, en somme, une **humanisation de la nature**.

• Le travail est ainsi formateur dans les deux sens du terme. D'une part, l'esclave donne une forme aux choses sur lesquelles il travaille ; d'autre part, il s'affranchit de ses désirs immédiats et de sa dépendance à l'égard de la nature.

III Capitalisme et travail aliéné

Karl Marx (1818-1883) : philosophe allemand célèbre pour sa critique de l'aliénation* du travail par le système capitaliste.

• Influencé par Hegel*, Marx* affirme que le travail est consubstantiel à notre humanité.

• Toutefois, Marx observe qu'à partir de l'âge **capitaliste** de l'industrialisation et du salariat, le **prolétariat** vend son travail à la **classe bourgeoise** détenant les moyens de production.

• Le capitalisme réduit le travail au rang de simple marchandise, travail qui devient aliéné.

• La valeur d'échange des marchandises est déterminée par le travail humain que celles-ci impliquent. Les bénéfices tirés de la vente de la marchandise constituent la **plus-value**.

• Selon Marx, la classe possédant les moyens de production entend s'approprier la plus large part possible de plus-value. Ainsi, la force concrète de travail ne serait pas payée à la juste mesure des profits effectifs qu'elle génère.

• D'où un écart croissant des richesses entre la classe bourgeoise et la classe prolétarienne. Cet écart génère une **lutte des classes** et rend, d'après Marx, le dépassement du capitalisme nécessaire et souhaitable.

Le bonheur

FICHE 13

Le mot « bonheur » évoque des significations variant d'un individu à l'autre, chacun ayant sa propre définition du bonheur (être riche, avoir un bon travail, etc.).

I Le problème du bonheur malgré sa familiarité

- Le bonheur serait radicalement subjectif et contingent. Il serait très difficile, voire impossible de dégager ses caractéristiques communes, objectives et nécessaires.
- Nous ne serions que capables d'identifier ce qui nous rend heureux en tant qu'individus à un moment particulier de notre vie, et non ce qu'est le bonheur en général.
- Toutefois, même si chacun a sa propre conception du bonheur, ou plutôt de ce qui peut le rendre heureux, nous pourrions nous entendre sur le fait que le bonheur est un état dans lequel l'individu se trouve à l'optimum de son bien-être (plaisir).
- Mais l'identification des moyens nous procurant ce plaisir n'est jamais facile, car une même circonstance peut à un certain moment nous être favorable, puis plus tard défavorable. Il semble donc **impossible de définir le bonheur comme un état de bien-être maximal**, car il est difficile de déterminer avec certitude et nécessité ce qui pourra nous conduire à un tel état.
- Est-il alors véritablement possible de définir le bonheur ? Et si cela est impossible, pourquoi cherchons-nous malgré tout à l'atteindre ?

II Est-il possible de déterminer le concept de bonheur ?

- Le concept de bonheur est l'idée générale englobant l'ensemble des cas particuliers du bonheur.
- Selon le philosophe allemand Kant* dans les *Fondements de la métaphysique des mœurs*, le bonheur est un concept indéterminable.

- Cette indétermination a **deux causes** : le contenu du bonheur est **variable d'un individu à l'autre**, mais peut également varier, pour le même individu, **selon les périodes de son existence**.

- Cette double indétermination s'explique par le fait que les exigences de la définition du concept reposent sur l'idée d'un **« tout absolu »** pouvant nous procurer un maximum de bien-être **aussi bien maintenant que dans l'avenir**. Or, les cas particuliers tirés de notre expérience ne nous permettent pas de prévoir qu'une circonstance nous procurant du bien-être maintenant le fera à l'avenir.

- La seule façon de connaître les moyens d'accéder au bonheur sera de procéder par essais, en tirant des leçons de l'expérience.

III La quête du bonheur a-t-elle un sens ?

- Les hommes poursuivent le bonheur. Pourtant, cette quête du bonheur est problématique, car définir le concept de bonheur est hors de notre portée.

- Pourquoi alors l'homme persiste-t-il à poursuivre quelque chose qu'il ne pourra jamais véritablement identifier ?

- Dans un extrait des *Pensées*, le philosophe français Blaise Pascal* met en évidence le lien existant entre notre tendance à poursuivre le bonheur et notre représentation du temps.

- Notre conscience est à la fois en prise avec le passé (mémoire) et le futur (anticipation). Il n'y a **jamais de véritable conscience du présent**, qui est pourtant la seule dimension du temps dans laquelle l'homme se trouve.

- Cette tendance à ne pas vraiment prêter attention au présent est encouragée par le fait que nous cherchons parfois à nous distraire d'un quotidien difficile à affronter. En nous projetant dans le futur, nous développons une véritable stratégie d'évitement qui nous permet de ne pas souffrir du présent.

- Cette **stratégie d'évitement** consiste à faire du passé et du présent un moyen de toujours se projeter vers l'avenir. En ce sens, notre existence présente est toujours à oublier aussi immédiatement qu'elle apparaît, la façon la plus sûre de se livrer à un tel oubli étant d'imaginer de **possibles futurs**.

- Il y a donc bien **un sens à la quête du bonheur**, non pas parce que celle-ci vise un objet précisément déterminé, mais dans la mesure où elle nous divertit d'un présent qui nous attriste.

L'État

FICHE 14

L'État désigne l'ensemble des institutions juridiques et politiques qui, sur un territoire donné, dépassent et organisent l'ordre social. La philosophie politique s'est plus particulièrement intéressée aux questions de la fonction et de la légitimité de l'État.

I L'homme : « un animal politique »

- Dans les *Politiques*, Aristote* soutient que « l'homme est par nature un animal politique ». Être doué de langage, l'homme aurait une prédisposition naturelle à vivre en **société**.
- Le besoin de vivre en communauté se manifeste tout d'abord dans **les sphères de la famille et du village** (qui équivalent à la sphère économique de la production et des échanges).
- Mais les besoins des hommes ne sauraient se restreindre à ces deux sphères. Il faut que la vie en société soit réglementée par des **lois édictées par la cité**.
- Selon Aristote, la vie en cité (qui peut être considérée comme l'ancêtre de l'État moderne) serait pour l'homme comme une **« seconde nature »**. Cela signifierait que, quand bien même la communauté politique ne serait pas le mode de vie originaire des hommes, celle-ci parachèverait la finalité de la vie humaine. La cité permet à l'homme d'intégrer un milieu qui lui est propre.

II L'État comme « monopole de la violence légitime »

- Thomas Hobbes* s'oppose radicalement à l'idée aristotélicienne de l'homme comme animal politique. Selon lui, il n'existe pas de sociabilité naturelle des hommes.
- À l'**état de nature** (c'est-à-dire le stade hypothétique et originel de la vie humaine, stade dénué de lois et d'institutions politiques), les rapports humains sont caractérisés par l'instabilité, la rivalité et la violence. L'état de nature est celui de la **« guerre de tous contre tous »** (pour plus de précisions, voir fiche perspective 4 « La morale et la politique (2) »).

• La fonction de l'État, selon Hobbes, est d'être le garant de la **paix sociale**. Par un **contrat de soumission**, les sujets se défont de leur droit naturel d'user de la force et se placent sous la protection de l'État qui, seul, pourra user de cette force légitimement.

Max Weber (1864-1920) : penseur allemand. Il est, avec Émile Durkheim*, l'un des principaux pères fondateurs de la sociologie moderne. Dans *Le Savant et le Politique* (1919), Weber définit l'État comme « monopole de la violence légitime ».

• Le sociologue Max Weber* s'inscrit dans le même courant de pensée que Hobbes lorsqu'il décrit l'État de la manière suivante : « Il faut concevoir l'État contemporain comme une communauté humaine qui, dans les limites d'un territoire déterminé – la notion de territoire étant une de ses caractéristiques – revendique avec succès pour son propre compte le monopole de la violence physique légitime. »

III La volonté générale

• La philosophie politique de Hobbes nous place face à une **alternative** radicale : soit la liberté et la violence sans frein de l'état de nature, soit la sécurité assurée par l'État.

Jean-Jacques Rousseau (1712-1778) : philosophe et écrivain de langue française. Dans son ouvrage intitulé *Du contrat social*, Rousseau soutient que la légitimité de l'État repose sur la souveraineté du peuple.

• Rousseau* remet en cause cette alternative. Selon lui, l'État légitime vise à mettre en accord la liberté et la sécurité.

• La légitimité de l'État repose sur **la souveraineté du peuple**. En d'autres termes, est légitime l'État dont les lois sont la manifestation de la **« volonté générale »**.

• Cette volonté ne se résume pas à ce que veut la majorité, mais désigne ce qui, dans le vouloir de chaque citoyen, vise le bien de tout le monde.

• Ainsi, les citoyens ne se soumettent pas à la loi comme à une contrainte extérieure. Au contraire : leur liberté passe par l'obéissance aux lois qui sont l'expression de la volonté générale.

Le langage

FICHE 15

On définit généralement le langage comme un système de signes ayant pour fonction de transmettre un message. Le signe est ce qui fait référence à autre chose que lui-même.

I Spécificités du langage

- Le langage ne doit pas être confondu, selon le linguiste suisse Ferdinand de Saussure* (1857-1913) dans son *Cours de linguistique générale*, avec la langue et la parole.
- La langue est « un produit social de la faculté du langage et un ensemble de conventions nécessaires, adoptées par un corps social » (il s'agit d'un code propre à une communauté qui impose des contraintes à l'individu).
- La parole désigne l'usage individuel de la langue en tant qu'appropriation par l'individu des codes de la langue.

II Buts du langage

- Le langage permet la représentation du monde. Nous pouvons, à l'aide de ses signes, nous souvenir et prendre conscience de situations passées, ou envisager, grâce à l'imagination, d'éventuelles situations futures. Il nous donne la possibilité de nous détacher de la situation dans laquelle nous nous trouvons ici et maintenant.
- Le langage permet la communication (échange d'informations entre individus jouissant de cette faculté).

III Mécanismes du langage

- La représentation et la communication reposent sur le mécanisme de la référence (établissement d'un lien entre un signe et l'objet – ou l'idée – auquel il fait référence). Cette référence peut être naturelle ou conventionnelle.
- Ce mécanisme de la référence donne lieu, dans chaque langue, à un autre mécanisme : le déterminisme linguistique. Une langue n'est pas une nomenclature adossée à un ordre des choses indépendant de nous, mais influence dans une certaine mesure la façon dont nous interprétons ce qui nous entoure.

IV Limites du langage

Pour tout dire, nous ne voyons pas les choses mêmes; nous nous bornons, le plus souvent, à lire des étiquettes collées sur elles. Cette tendance, issue du besoin, s'est encore accentuée sous l'influence du langage. Car les mots (à l'exception des noms propres) désignent tous des genres. Le mot, qui ne note de la chose que sa fonction la plus commune et son aspect banal, s'insinue entre elle et nous, et en masquerait la forme à nos yeux si cette forme ne se dissimulait déjà derrière les besoins qui ont créé le mot lui-même. Et ce ne sont pas seulement les objets extérieurs, ce sont aussi nos propres états d'âme qui se dérobent à nous dans ce qu'ils ont d'intime, de personnel, d'originalement vécu. Quand nous éprouvons de l'amour ou de la haine, quand nous nous sentons joyeux ou tristes, est-ce bien notre sentiment lui-même qui arrive à notre conscience, avec les mille nuances fugitives et les mille résonances profondes qui en font quelque chose d'absolument nôtre? »

Henri Bergson, *Le Rire*, 1900.

- Pour Bergson*, le réel (l'ensemble des choses qui existent) est inconnaissable directement.
- Cet écueil est dû au **besoin** et au **langage**.
- Pour satisfaire ses **besoins**, l'homme doit rechercher des **moyens d'existence** dans son environnement, ce qui nécessite un minimum de connaissances quant à la **valeur** (utilité, nocivité, etc.) de ce qui nous entoure. L'homme ne connaît le réel qu'à travers **le prisme de son intérêt vital**.
- Cette attitude se trouve renforcée et systématisée par le **langage**. Le mot désigne toujours un **groupe d'objets** en fonction du degré de satisfaction que peuvent apporter les objets aux besoins humains. Il permet de généraliser nos connaissances les plus utiles et, ainsi, d'avoir une **meilleure maîtrise** de notre environnement.
- Cette tendance à la **généralisation** et à la **réduction à l'utilité** ne concerne pas seulement les objets extérieurs, mais aussi **nos propres sentiments**. Le langage se manifeste ainsi comme un **obstacle à cette connaissance de nous-mêmes**, car sa généralité nous empêche de saisir le caractère unique et particulier de ce que nous percevons de nous-mêmes.

La raison

FICHE 16

La raison est une faculté propre à l'homme. Du point de vue théorique, la raison permet de séparer le vrai du faux, la connaissance de la simple opinion. Du point de vue pratique, elle est la faculté permettant de distinguer le bien du mal et d'agir selon des règles de conduite. Quelles sont les limites du pouvoir de la raison ? Raison et croyance s'excluent-elles mutuellement ? Ces deux questions traversent l'histoire de la philosophie occidentale.

I Objectivité, cohérence, démonstrabilité, universalité

- Le discours rationnel (ou *logos* dans la Grèce antique) vise à décrire les choses qui nous entourent indépendamment de nos désirs ou penchants particuliers. La raison vise l'**objectivité**.
- Le discours rationnel n'entend pas persuader, mais **convaincre**. Autrement dit, il ne s'agit pas d'amener autrui à croire en telle ou telle idée ; il s'agit, au contraire, de faire part à autrui d'une idée ou d'une théorie cohérente et susceptible d'être prouvée.
- La cohérence logique est illustrée par la syllogistique d'Aristote* (*Premiers Analytiques*). Dans le syllogisme « Tous les hommes sont mortels ; or, Socrate est un homme ; donc Socrate est mortel », la conclusion découle des prémisses.
- Un syllogisme valide sur le plan formel peut contenir des prémisses qui sont fausses ou invérifiables. « Tous les extraterrestres sont verts ; or, Yoda est un extraterrestre ; donc Yoda est vert » est un syllogisme formellement valide. Mais la prémisse (c'est-à-dire l'existence des extra-terrestres) est fausse ou invérifiable. Pour être rationnel, le discours doit donc être vérifiable sur le plan de l'expérience.

Exemple :
Le phénomène de la gravité peut s'exprimer sous la forme d'une loi cohérente (soit son expression mathématique par Newton) pouvant être prouvée. La loi de la gravitation est objective, mais également universelle : elle concerne tous les hommes sans exception. La raison, d'une manière générale, vise les **vérités universelles**.

II La croyance

- De ce fait, la raison se distingue de la croyance.
- Une croyance (en Dieu ou en une quelconque idée) n'a pas besoin de se fonder sur la cohérence logique ou sur des preuves. En d'autres termes, la croyance est subjective.
- Les croyances dépendent des cultures et des individus. La croyance est **particulière** (et non universelle).

III Le rationalisme* et ses limites

- D'un point de vue épistémologique, le rationalisme soutient que notre connaissance du monde repose essentiellement sur la raison.
- D'un point de vue éthique, le rationalisme défend la position suivant laquelle nos comportements moraux sont à la fois fondés et motivés par la raison (la raison pratique chez Kant*).
- Pour l'empirisme* (Bacon*, Locke*, Hume*), notre connaissance du monde repose avant tout sur l'expérience sensible. L'**empirisme** s'oppose au rationalisme à la fois du point de vue de l'épistémologie et de celui de la morale.
- Hume affirme que la raison n'a aucun pouvoir sur nos passions (voir fiche 8 « Le devoir »). Il avance aussi que de nombreuses idées que nous jugeons raisonnables (comme la causalité ou l'identité personnelle) découlent en réalité de l'habitude et de la croyance.
- Pour Pascal*, Dieu est « sensible au cœur, et non à la raison ». Nous aurions accès aux vérités religieuses par la faculté du cœur. C'est par orgueil que la raison s'opposerait aux vérités du cœur.

Blaise Pascal (1623-1662) : philosophe français qui s'est à la fois illustré comme homme de sciences et apologiste du christianisme.

La technique

FICHE 17

Dans nos sociétés modernes, la technique occupe une place centrale et ambivalente. D'une part, elle semble corrélée à l'augmentation de notre confort ; d'autre part, elle permet aux hommes de disposer d'outils de destruction (la bombe atomique) et de contrôle (la propagande et la surveillance informatisées) sans précédent.

I La *technè*

- Les écrits d'Aristote* exposent la conception classique de la technique, et montrent que celle-ci – la *technè* –, est un ensemble de règles pratiques reposant toujours sur la coordination appropriée de causes en vue de la production d'un objet.

Aristote (384-322 av. J.-C.) est, avec Platon, l'un des penseurs les plus importants de l'Antiquité grecque et, plus généralement, de l'histoire de la philosophie occidentale.

- Ces causes sont au nombre de quatre : la **cause matérielle** (le bois à partir duquel la chaise est fabriquée), la **cause formelle** (l'artisan donne au bois la forme de la chaise), la **cause finale** (la chaise va servir à s'asseoir), et la **cause efficiente** (qui n'est autre que l'artisan).

II La technique et la vision prométhéenne de l'homme

- Dans le *Protagoras*, Platon* reprend le **mythe de Prométhée** volant le feu et la *technè* aux dieux pour en faire don aux hommes laissés sans défense face à leur milieu naturel. La *technè* se place ainsi à la fois sous le signe de la nécessité et sous celui du désir de puissance des hommes rivalisant avec les dieux.

- Dans son *Discours de la méthode*, Descartes* écrit que la science doit nous « rendre comme **maîtres et possesseurs de la nature** ». L'enjeu des progrès techniques serait ainsi de permettre à l'homme de contrôler et de s'approprier le milieu naturel dans lequel il vit. Autrement dit, la technique s'inscrit ici dans le cadre d'**une vision prométhéenne de l'homme**.

III La prétendue « neutralité » de la technique

- Hegel* note que les outils et les machines permettent à l'homme de médiatiser son rapport à son environnement naturel. La machine réifie ou chosifie mon activité en ménageant mes efforts et en travaillant à ma place.

- Martin Heidegger* (1889-1976) compose son œuvre à une époque où la relation de l'homme à son milieu semble en voie d'être intégralement médiatisée par la technique. Il remet en question un présupposé majeur concernant cette dernière dans nos sociétés modernes.

- Ce présupposé consiste à considérer la technique comme « un simple moyen » dont les usages seraient soit bons, soit mauvais.

> **Exemple :**
> Internet peut servir à partager des informations, mais également constituer un moyen de surveillance et de propagande. Finalement, nous maîtrisons la technique, et tout dépendrait de **la manière dont nous l'utilisons**.

- Or, dit Heidegger, ce présupposé implique l'idée erronée d'une neutralité de la technique, technique qui a peu à peu imprégné nos façons de penser. Notre manière de nous rapporter au monde repose désormais sur le calcul, la prédication, la modélisation, et l'instrumentalisation.

- La technique devient ainsi **un mode de pensée** à part entière. Ce mode de pensée écarterait une autre attitude possible face au monde, attitude fondée sur la méditation et le désintéressement.

- Il est également à craindre que la technique devienne une forme de destin que nous ne serions plus en mesure de maîtriser. Car le mode de pensée inhérent à la technique ne détermine pas seulement notre rapport au milieu naturel : il tend à **modifier la conception que se fait l'homme de lui-même**.

- Cette considération nous met en garde contre les dangers d'une conception purement technicienne de l'homme, homme considéré comme un instrument manipulable à l'envi et essentiellement réduit à des questions de rendement.

La vérité

FICHE 18

On entend généralement par « vérité » ce qui est **conforme à la réalité** (contrairement à l'erreur et à l'illusion, qui ne correspondent pas à « ce qui est »). L'histoire de la philosophie nous confronte à une pluralité de définitions et d'attitudes concernant le **« vrai »**, pluralité dont nous ne pouvons donner ici qu'un bref et partiel aperçu.

I La « vérité adéquation » (ou « vérité correspondance »)

- Saint Thomas d'Aquin* affirme que « la vérité est l'adéquation de la chose et de l'intellect ».

Saint Thomas d'Aquin (v. 1224-1274) : philosophe et théologien chrétien. Son œuvre visait notamment à concilier christianisme et aristotélisme.

- La vérité implique la description adéquate de la chose. Elle impose en effet que l'idée corresponde à son objet ou que notre discours corresponde à la réalité.
- Une description est susceptible d'être vraie ou fausse en fonction de ce que nous affirmons au sujet de la chose (par exemple : « Ce chat est noir »). Autrement dit, le critère du vrai s'applique principalement à nos **jugements prédicatifs**.
- Plusieurs courants de pensée s'opposent à l'idée de « vérité adéquation ». Intéressons-nous tout d'abord au scepticisme*.

II Le scepticisme

- Selon les **philosophes sceptiques** de l'Antiquité, plusieurs cas de figures sont à envisager : la vérité n'a aucune existence ; elle existe, mais les hommes ne peuvent pas la connaître ; la vérité peut être connue, mais demeure indicible.
- Ils observent en outre que la vérité présuppose elle-même un critère de vérité (par exemple, l'adéquation). De ce fait, l'idée de vérité reposerait sur un **argument circulaire*** : je présuppose le vrai pour prouver le vrai.
- Pour sortir du cercle vicieux de l'argument circulaire, il faudrait pouvoir fournir le critère du critère de vérité. Or, comme tout critère

en implique légitimement un autre, la définition du vrai nous conduirait à une **régression à l'infini***.

- D'un point de vue sceptique, il est donc impossible d'enfermer la vérité dans des énoncés ou critères précis. Au lieu d'adhérer à des thèses jugées définitives, il faut suspendre son jugement.

III Intuition et nominalisme

- Selon Descartes*, la vérité du *cogito* résiste à toute forme de scepticisme (voir fiche 19 « La conscience »).
- Le *cogito* est une **idée claire et distincte** connue immédiatement par l'esprit. En d'autres termes, il s'agit d'une vérité relevant de l'**intuition**.
- La « vérité adéquation » exigeait de comparer l'idée à la chose. Il en va différemment chez Descartes, pour lequel la vérité repose sur le modèle de la clarté et de la distinction du *cogito*.
- Hobbes* s'oppose à la fois à la théorie de la « vérité adéquation » et à la conception cartésienne de la vérité.

Thomas Hobbes (1588-1679) : philosophe anglais. Dans son *Léviathan*, qui est l'un des grands livres fondateurs de la philosophie politique moderne, il défend une conception nominaliste de la vérité.

- Il écrit : « Là où il n'est point de parole, il n'y a ni vérité ni fausseté. [...] Puisque la vérité consiste à ordonner correctement les dénominations employées dans nos affirmations [...]. »
- Hobbes défend une **conception nominaliste de la vérité**. Cette dernière ne se mesure ni à partir de la correspondance de l'idée à la chose, ni à partir d'une idée qui serait immédiatement appréhendée par l'esprit. Pour le philosophe anglais, le critère de la vérité n'est autre que la cohérence du discours écrit ou parlé.

La conscience

FICHE 19

On entend ordinairement par « conscience » la faculté de se prendre soi-même comme objet de pensée. Elle permet à la fois un savoir concernant mes sentiments, actions et pensées, et une connaissance du monde qui m'entoure.

I Descartes : la conscience comme fondement de la connaissance

René Descartes (1596-1650) : philosophe français célèbre pour son idée du *cogito*.

Pour Descartes*, l'esprit et la pensée présupposent la conscience de soi. Selon lui, les animaux, contrairement aux hommes, sont comparables à des machines, c'est-à-dire à des automates privés de conscience.

- Descartes entend faire de la conscience le « point [...] fixe et assuré » de la connaissance (*Méditations métaphysiques*, « Méditation seconde »). Comment procède-t-il ?
- Le philosophe français n'est pas sans ignorer que les données de la conscience peuvent être trompeuses.

Exemple :
Rêves et illusions d'optique m'induisent en erreur quant à la nature des choses qui m'entourent (*Méditations métaphysiques*, « Méditation première »).

- De plus, les savoirs qui m'ont été transmis par mon entourage peuvent s'avérer n'être que des préjugés sans fondement.
- Enfin, il ne s'agit pas non plus d'affirmer que, comme je suis conscient, je me connais parfaitement moi-même. Car ma conscience ne m'empêchera pas de surestimer ou sous-estimer mes capacités, de méconnaître certains de mes vices ou vertus.
- Descartes va soumettre les données de la conscience à un doute* méthodique, à savoir un doute visant à la découverte d'une « idée claire et distincte », d'un premier fondement certain à la connaissance.
- Ce doute n'épargne rien, excepté ce qui conditionne le fait même de douter : je pense. Or, si je pense, cela signifie que je suis « quelque chose ». Dès lors que je doute, je pense. Dès lors que je pense, je suis.

Le premier fondement de la connaissance est : *cogito, ergo sum* (« je pense, donc je suis »).

> « [...] remarquant que cette vérité : *je pense, donc je suis*, était si ferme et si assurée, que toutes les plus extravagantes suppositions des sceptiques n'étaient pas capables de l'ébranler, je jugeai que je pouvais la recevoir sans scrupule pour le premier principe de la philosophie que je cherchais. »
>
> René DESCARTES, *Discours de la méthode*, IV.

• En définitive, ce qui me caractérise est la pensée qui, plus précisément, implique la faculté de réfléchir sur moi-même (**réflexivité**) : la conscience.

II Le solipsisme et le problème corps/esprit

• La manière dont Descartes définit la conscience conduit à **deux problèmes** qui sont encore aujourd'hui débattus par les philosophes.

1. Le solipsisme

• La certitude du *cogito* de Descartes est une certitude strictement privée. Étant donné que je bénéficie d'un accès privilégié et direct à ma conscience, moi seul suis en mesure de m'assurer que celle-ci n'est pas attaquée par le doute méthodique.

• D'autres êtres humains doués de conscience semblent m'entourer, mais je ne peux pas élever cette connaissance au rang de certitude. Pourquoi ?

• Parce que je n'ai aucun accès privilégié et direct à la conscience d'autrui. De ce fait, je ne suis pas pleinement en mesure de m'assurer que la certitude du *cogito* s'applique à autrui.

• Ma conscience serait ainsi la seule chose dont je ne puisse pas douter. L'existence d'autres consciences demeure incertaine. C'est le problème du **solipsisme**.

2. Le problème corps/esprit

• Chez Descartes, la conscience relève de la **substance pensante** (*res cogitans*) et est irréductible à la matière. Il s'agit du **dualisme** corps/âme, ou matière/esprit.

• Descartes admet l'existence de la matière. Cela nous conduit au problème corps/esprit : si la conscience est distincte des relations de cause à effet du monde physique, comment définir la relation de ce dernier par rapport à l'esprit ?

L'inconscient

FICHE 20

Le terme « inconscient » signifie littéralement « ce qui échappe à notre conscience ». Loin d'être réductible à la psychanalyse, la notion d'inconscient recouvre de multiples significations (on parle par exemple d' « états inconscients », comme le coma) qui présentent un intérêt indéniable pour l'investigation philosophique.

I « Petites perceptions », réflexes et « mémoire habitude »

- Dans les *Nouveaux essais sur l'entendement humain*, Leibniz* parle d'une multitude de petites perceptions qui constituent l'aperception, à savoir notre conscience claire et réfléchie d'un objet.

> **Gottfried Wilhelm Leibniz (1646-1716)** : philosophe rationaliste allemand, auteur d'une œuvre monumentale. L'un de ses ouvrages les plus célèbres s'intitule *La Monadologie* (1720).

- Lorsque nous percevons le bruit des vagues, nous n'avons pas clairement conscience de chaque goutte d'eau composant ces dernières. C'est la continuité des petites perceptions (les gouttes d'eau) qui forme la totalité de l'aperception (le bruit des vagues).
- Par ailleurs, la plupart de nos réflexes, tels que la respiration ou la digestion, n'impliquent aucune forme d'activité consciente de notre part. Ce sont souvent les dysfonctionnements de notre corps (par ex., pneumonie ou maux d'estomac) qui nous font prendre conscience de la présence et de l'importance de ces réflexes.
- Tournons-nous, enfin, vers la question de la mémoire. Selon Henri Bergson* (1859-1941), il faut distinguer la « mémoire image » de la « mémoire habitude ». Qu'est-ce à dire ?
- Alors que la « mémoire image » relève du souvenir d'un événement particulier que je peux ramener à ma conscience, la « mémoire habitude » relève de mécanismes corporels acquis par la répétition.

Exemple :
Un skieur confirmé peut dévaler une piste à toute vitesse, car il a acquis un certain nombre d'automatismes (ayant trait à une « mémoire habitude » qui ne fait pas directement appel à la conscience).

II Remise en cause du statut privilégié de la conscience

- Friedrich Nietzsche* (1844-1900), notamment dans *Le Gai Savoir*, remet en cause le statut privilégié de la conscience dans la philosophie de Descartes* (voir fiche 19 « La conscience »).

- D'après le philosophe allemand, la conscience serait davantage consubstantielle à la faiblesse originelle de l'homme qu'à sa grandeur. Ce serait sous la pression d'un milieu naturel particulièrement menaçant que les hommes, mammifères vulnérables, auraient développé la conscience.

- La conscience serait indissociable du langage et de la communication. Elle procéderait du besoin des hommes de s'unir et de soumettre leur existence à celle du groupe. Autrement dit, la conscience procéderait de **l'instinct du troupeau**.

- Ainsi, contrairement à Descartes, Nietzsche affirme : (1) qu'il faut partir du corps, de la condition naturelle de l'homme, pour comprendre la conscience (critique du dualisme cartésien) ; (2) que ma conscience exprime davantage mon appartenance au troupeau que ma singularité.

III La psychanalyse

Sigmund Freud (1856-1939) : père fondateur de la psychanalyse, considérée comme la première théorie « scientifique » de l'inconscient.

- Pour Sigmund Freud*, le contexte social et culturel dans lequel nous vivons rend l'expression et la satisfaction de certains de nos désirs (ou **pulsions**) inacceptables. Ces derniers sont **refoulés*** par notre conscience et deviennent inconscients.

- Cependant, les pulsions refoulées cherchent à trouver leur satisfaction et entrent en conflit avec nos autres désirs. Nos actes et nos réactions impliquent ainsi des motifs inconscients.

- L'inconscient tel que le conçoit Freud se manifeste par des **voies détournées**, à travers nos rêves, nos lapsus ou nos névroses.

- Après Copernic et Darwin, la psychanalyse représenterait, selon son fondateur, une troisième forme de révolution scientifique démontrant que « le moi n'est pas maître dans sa propre maison ».

La liberté

FICHE 21

Nous entendons ordinairement par « liberté » l'absence de soumission à un maître ou à des contraintes extérieures. La liberté serait simplement **la possibilité d'agir et de choisir selon son gré**. Mais la liberté est aussi l'une des questions les plus débattues dans l'histoire de la philosophie occidentale…

I Le libre arbitre

- Partons de l'idée que la vie libre reposerait essentiellement sur l'absence de règles et de contraintes. Peut-on se satisfaire d'une telle définition de la liberté ?
- Cela semble problématique dans la mesure où les animaux n'ont à observer aucune règle. Or, nous savons également que ceux-ci obéissent à leur **instinct**. Il leur manque la capacité de choisir entre plusieurs actions possibles, capacité communément associée à l'idée de liberté.
- Être libre, c'est être en mesure d'exercer la capacité de choisir propre à notre volonté. En d'autres termes, la liberté est indissociable du **libre arbitre**.
- S'il existe bien une multitude de facteurs pouvant m'inciter à agir de telle manière plutôt que d'une autre, mon libre arbitre me donnerait la capacité d'exercer mon choix **indépendamment de ces influences**.
- Pour saint Augustin*, le libre arbitre est un don de Dieu : d'une part, il établit la **dignité** de la vie humaine ; d'autre part, il rend l'homme **responsable** du mal qu'il commet.

Saint Augustin (354-430) : philosophe et théologien chrétien. Ses *Confessions* constituent son ouvrage le plus célèbre, tandis que son *Traité du libre arbitre* fait partie de ses œuvres de jeunesse.

- Comme l'écrit Augustin : « […] la volonté libre sans laquelle personne ne peut bien vivre, tu dois reconnaître et qu'elle est un bien, et qu'elle est un don de Dieu, et qu'il faut condamner ceux qui mésusent de ce bien plutôt que de dire de celui qui l'a donné qu'il n'aurait pas dû le donner. »

II L'illusion du libre arbitre

- Dans ses *Principes de la philosophie*, Descartes* écrit que le libre arbitre « se connaît sans preuve, par la seule expérience que nous en avons ».
- Or, Spinoza* répond que cette expérience est trompeuse. J'infère mon libre arbitre à partir de ma conscience d'agir, mais cette conscience ne recouvre pas l'ensemble des causes qui déterminent mes actions.
- L'homme n'est pas « dans la nature comme un empire dans un empire ». Ce qui signifie que le **déterminisme** à l'œuvre dans les phénomènes naturels est également à l'œuvre dans les actions humaines.

III Liberté et nécessité

- Est-ce à dire que nous devons exclure la notion de liberté de notre vocabulaire ?
- Selon Hobbes*, la liberté et la nécessité ne sont pas des concepts incompatibles. La liberté s'applique aux corps qui ne sont pas empêchés dans leurs mouvements.
- Ainsi, Hobbes valide la **conception négative de la liberté** comme pouvoir qui n'est pas arrêté par un obstacle extérieur. Dans son *Léviathan*, il écrit : « Un homme libre est celui qui, pour ces choses qu'il est capable de faire par sa force et par son intelligence, n'est pas empêché de faire ce qu'il a la volonté de faire. »
- Notre langage nous conduit à employer le mot **liberté** de manière figurée. Ce qui entraîne, selon Hobbes, un certain nombre de confusions.

> **Exemple :**
> Quand je dis que « la voie est libre », la liberté ne s'applique pas à la voie, mais aux personnes qui peuvent l'emprunter. Une parole libre ne désigne pas la liberté du langage ou de la voix, mais le fait que la capacité du locuteur à s'exprimer ne rencontre pas d'obstacle extérieur. De manière analogue, lorsque nous parlons de volonté libre, la liberté ne s'applique pas à la volonté, en tant que telle, mais au fait que la volonté de l'homme n'est pas empêchée dans son mouvement.

La religion

FICHE 22

Le phénomène religieux remonte aux **premiers stades de l'histoire humaine**. La naissance de la **culture** semble indissociable de celle de la **religion**. À travers cette dernière, l'homme s'inscrit dans une communauté et se rapporte à des puissances qui le transcendent.

I Éléments de définition

- L'étymologie exacte du mot « religion » fait encore l'objet de nombreux débats. On admet souvent que ce terme comprend une double racine : il viendrait du latin *relegere* (**rassembler**) et *religare* (**relier**).
- Ainsi, la religion serait ce qui rassemble les hommes en les reliant à ce qui les transcende.
- Selon Durkheim*, « une religion est un système solidaire de croyances et de pratiques relatives à des choses sacrées, c'est-à-dire séparées, interdites, croyances et pratiques qui unissent en une même communauté morale, appelée Église, tous ceux qui y adhèrent ».

Émile Durkheim (1858-1917) : intellectuel français considéré comme l'un des pères fondateurs de la sociologie moderne. Dans *Les Formes élémentaires de la vie religieuse*, il étudie la religion comme un « fait social ».

- Le **sacré*** se définit par les **rites** et les **interdits** réglant le rapport des hommes aux divinités.
- Mais le sacré désigne également l'**expérience ambivalente** des hommes par rapport à ce qui les transcende. Rudolf Otto* affirme que les sentiments liés au sacré relèvent du *mysterium tremendum*, un intime mélange de terreur, de fascination et de vénération.

II Évolution du phénomène religieux

- Auguste Comte* distingue **trois grands stades** dans l'histoire des religions.
- Le premier stade est le **fétichisme** (que l'on peut rapprocher des croyances animistes) : des propriétés magiques sont attribuées aux phénomènes naturels.

• Vient ensuite le **polythéisme** : l'homme vénère des dieux partageant un certain degré de ressemblance avec lui. Selon Comte, ce deuxième stade correspond également à l'émergence des récits fabuleux retraçant les origines de l'humanité, à savoir les **mythes**.

• Le dernier stade est le **monothéisme** (judaïsme, christianisme, islam), qui n'admet qu'un seul dieu.

• Auguste Comte considère que le monothéisme est destiné à être remplacé par une religion reposant sur le culte de la raison et de l'humanité : le **positivisme**, qui ne s'attache plus à connaître les causes premières (l'absolu), mais à déterminer les rapports précis entre les différents phénomènes que nous observons.

III La religion comme aliénation

• Selon Feuerbach*, l'homme projette ses propres espérances et qualités dans le divin. Par la religion, l'homme extériorise et se dépossède de ce qui le caractérise. En d'autres termes, le phénomène religieux est inséparable de l'aliénation de l'homme.

• Ainsi, pour le philosophe allemand, le christianisme représenterait le dernier stade avant la fin de l'aliénation. Le Christ était perçu comme Dieu se faisant homme. Désormais, il incombe aux hommes de se réapproprier les qualités qu'ils avaient attribuées à Dieu.

• Marx*, qui connaît les thèses de Feuerbach, soutient que « la religion est l'opium du peuple ». Ce qui signifie que la religion endormirait la conscience sociale des hommes en leur offrant le **refuge** d'un arrière-monde illusoire.

• On peut cependant se demander si une telle sortie de la religion est possible. Pour Freud*, la puissance du religieux repose sur le fait que ce dernier s'adresse directement à la détresse (face à la mort et à l'abandon) et aux désirs narcissiques irrépressibles des hommes.

• On peut aussi se demander si la sortie de la religion est souhaitable. Pour Kant*, Dieu est un postulat nécessaire quant à la raison pratique (la morale), même si celle-ci ne saurait démontrer son existence.

• Enfin, il est possible de contester, comme l'a fait Pascal*, les prétentions de la raison vis-à-vis de la foi (voir fiche 16 « La raison »).

Le temps

FICHE 23

Le temps nous apparaît comme une évidence : les heures, minutes et secondes s'affichent sur les cadrans de nos montres, sur nos écrans d'ordinateur, nos téléphones portables, etc. Cependant, est-il possible de saisir **la nature du temps**, au-delà de ce qui nous le rend directement visible et quantifiable ?

I L'illusion du temps

- Si nous faisons abstraction de nos horloges, alors le temps pourrait, de prime abord, nous apparaître comme une **illusion**.
- Par définition, le passé est ce qui n'est plus.
- Le futur, quant à lui, équivaut à ce qui n'est pas encore.
- En ce qui concerne le présent, il se résume à un instant *t* essentiellement **évanescent**. L'écrivain Nicolas Boileau a fait cette observation : « Le moment où je parle est déjà loin de moi. » Tendu entre l'irréalité du passé et celle du futur, le présent m'échappe en permanence.
- La réalité du temps nous paraît tout d'abord des plus évidentes. Mais, après un examen plus approfondi, il semblerait que le temps relève essentiellement du **non-être**. Nous tiendrions donc l'irréalité du temps pour réelle.
- Cette position est celle du **védisme**. Le temps, au même titre que toute réalité physique, fait partie d'un voile illusoire : *māyā*.

II Le temps selon saint Augustin

- Dans ses *Confessions*, saint Augustin* prend acte du problème posé par **la réalité du temps**.
- En effet, il écrit : « Pour le présent, s'il était toujours présent sans voler au passé, il ne serait plus temps ; il serait l'éternité. Si donc le présent, pour être temps, doit s'en aller en passé, comment pouvons-nous dire qu'une chose soit, qui ne peut être qu'à la condition de n'être plus ? Et peut-on dire, en vérité, que le temps soit, sinon parce qu'il tend à n'être pas ? »

- La solution proposée par Augustin est de faire dépendre les différentes dimensions du temps à **l'actualité de la conscience humaine**.
- Ainsi, l'**attention** (ou l'**entendement**) est ce qui me rattache au présent. C'est le « présent du présent ».
- Le **souvenir** (ou la **mémoire**) est ce qui me relie au passé. C'est le « présent du passé ».
- L'**attente** (ou la **volonté**) est ce par quoi je me rapporte au futur. C'est le « présent de l'avenir ».
- Pour Augustin, le temps n'est pas une réalité objective qui existerait en dehors de nous. Temporalité et conscience sont indissociables. Le temps est la manière dont nous nous représentons le monde et nous-mêmes.

III Temps et durée

Henri Bergson (1859-1941) : philosophe français. Dans son *Essai sur les données immédiates de la conscience* (1889), il distingue le temps, toujours intellectualisé, de l'intuition immédiate de la durée (c'est-à-dire le « temps vécu »).

- Pour Bergson*, le temps mesurable et quantifié est un temps intellectualisé. Il s'agit plus précisément d'une temporalité médiatisée par l'espace. Par exemple, lorsque je vérifie l'heure sur ma montre, j'appréhende le temps en termes de distance entre plusieurs points (c'est-à-dire entre les pointes des deux aiguilles).
- Il faut revenir à nos **intuitions**, aux « données immédiates de notre conscience », pour comprendre qu'il existe un rapport au temps antérieur à son intellectualisation et à sa spatialisation. Ce rapport n'est autre que le temps vécu, que Bergson nomme **« durée »**.
- La durée résiste à la quantification : il est impossible de la diviser en une série d'instants représentables par des points. La durée, au contraire, est **une pure continuité** ; elle est le mouvement au sein duquel passé, présent et futur sont mêlés.

L'existence humaine et la culture

QUIZ-Mémorisation active

Questions	Réponses
Expliquez brièvement ce qu'est le relativisme esthétique.	Le relativisme esthétique valide l'adage selon lequel « des goûts et des couleurs, on ne discute pas ». La beauté n'est pas un archétype ou une idée au sens où l'entendait Platon. On ne peut pas débattre rationnellement au sujet du beau. Les critères relatifs au beau varient selon les individus et les cultures.
Quelles sont les similitudes entre l'artisanat et les beaux-arts ?	L'artisanat et les beaux-arts relèvent d'une *technè*. Autrement dit, ils mettent en œuvre un ensemble de règles pratiques en vue de la production d'un objet.
Quelle est la principale différence entre l'artisanat et les beaux-arts ?	Alors que la finalité de l'artisanat est l'utilité, la seule finalité des beaux-arts est le plaisir esthétique.
Définissez les caractéristiques essentielles du religieux.	La religion rassemble les hommes en les reliant à des puissances qui les transcendent. Elle implique la sphère du sacré, qui se caractérise par des mythes, rituels et interdits. La terreur, la fascination et la vénération face au divin s'entremêlent dans l'expérience du sacré.
Dans quelle mesure la religion peut-elle être comprise comme une aliénation ?	La religion pourrait être une simple projection des espoirs et qualités de l'homme (Feuerbach*). Elle pourrait également endormir la conscience sociale des hommes en leur offrant un refuge psychologique dans un arrière-monde illusoire (Marx*).
Selon Hegel*, pourquoi le travail est-il formateur ?	Pour Hegel, le travail est à la fois ce qui forme la chose et ce qui forme le travailleur (dans la mesure où ce dernier est contraint de différer la satisfaction de ses désirs).
Peut-on soutenir que la technique n'est pas neutre ?	Oui si, comme Heidegger*, nous nous accordons à dire que la technique peut devenir un mode de pensée à part entière, un mode de pensée excluant notre attitude contemplative et méditative face au monde.

SCHÉMA-BILAN

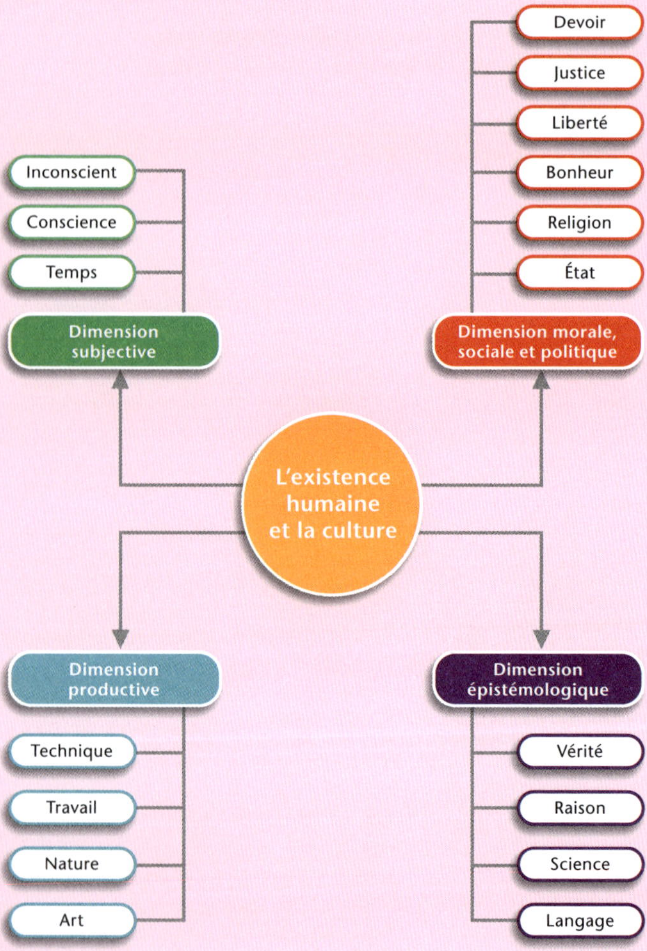

La morale et la politique

QUIZ-Mémorisation active

Questions	Réponses
Expliquez la différence entre l'impératif hypothétique et l'impératif catégorique.	L'impératif hypothétique définit un devoir conditionnel en fonction de ce qu'une personne particulière veut. L'impératif catégorique est une obligation dictée par la raison, obligation qui ne concerne ni nos besoins ni nos désirs immédiats. Il s'agit d'un devoir universel nous concernant tous en tant qu'agents moraux.
Comment l'impératif catégorique de Kant* se formule-t-il ?	« Agis toujours de telle sorte que la maxime de ton action puisse être tenue pour une loi universelle. »
Quelle est la principale différence entre l'éthique déontologique et l'utilitarisme de John Stuart Mill* ?	Pour l'éthique déontologique de Kant*, ce sont les maximes de nos actions qui importent, non leur résultat. Pour l'utilitarisme, au contraire, les résultats de nos actions constituent le critère de la morale. Est bonne l'action qui maximise effectivement le bien-être de la majorité.
Pourquoi Aristote* affirme-t-il que « l'homme est par nature un animal politique » ?	Dans les *Politiques*, Aristote soutient que, dès l'origine, l'homme tend à vivre en société. L'insociabilité ne serait donc pas consubstantielle aux hommes. Au contraire, la vie en cité serait ce vers quoi les hommes vont naturellement.
Qu'est-ce que « l'état de nature » ?	L'état de nature est le stade hypothétique et originel de la vie humaine, stade dénué de lois et d'institutions politiques.
Pourquoi Hobbes* écrit-il que l'état de nature est « la guerre de tous contre tous » ?	Dans son *Léviathan*, le philosophe anglais Thomas Hobbes (1588-1679) s'oppose radicalement à la thèse d'Aristote* selon laquelle l'homme serait un « animal politique ». Selon Hobbes*, sans « pouvoir commun qui les tienne en respect » (c'est-à-dire sans État), les hommes seraient naturellement enclins à l'insociabilité et au conflit.
Expliquez la différence entre légalité et légitimité.	Est légal ce qui est conforme aux lois d'une société donnée ; est légitime ce qui se justifie par la norme morale ou juridique. Ainsi, des lois tyranniques ne sont pas légitimes d'un point de vue moral.

SCHÉMA-BILAN

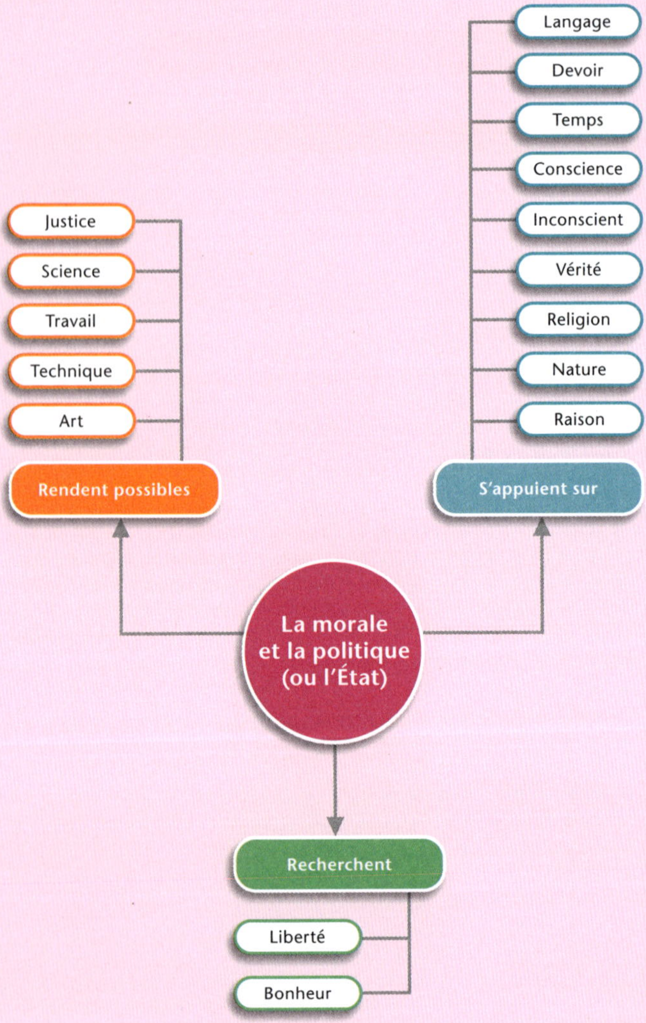

La connaissance

QUIZ-Mémorisation active

Questions	Réponses
Expliquez la différence entre le rationalisme et l'empirisme.	Pour le rationalisme, la raison est notre principale source de connaissance du monde. Pour l'empirisme, notre connaissance découle de l'expérience sensible.
Définissez l'objectivité.	L'objectivité se définit par la conformité de la pensée à l'objet de la connaissance. Est objectif ce qui ne dépend pas de mes croyances ou désirs particuliers et motive rationnellement l'accord des individus entre eux.
Quel est le premier fondement de la connaissance selon Descartes* ?	Pour Descartes, le premier fondement de la connaissance est *cogito, ergo sum* (« je pense, donc je suis »). Autrement dit, le premier fondement est la certitude de la conscience de soi du sujet de la connaissance. Cette certitude est inattaquable par le doute méthodique : dès lors que je doute, je pense, et dès lors que je pense, je suis.
Qu'est-ce que le solipsisme ?	Le solipsisme désigne le fait que seule la connaissance de ma propre conscience ou de mon propre esprit est certaine. De ce fait, il m'est impossible d'établir avec certitude que les personnes qui m'entourent sont également des êtres doués de conscience (même si je tends à le croire).
Définissez l'inductivisme.	L'inductivisme soutient que nos connaissances scientifiques résultent de l'observation et de l'expérimentation.
Quel est le problème de l'induction, selon David Hume* ?	Même répétée maintes fois, l'observation d'un même phénomène ne peut conduire à une conclusion universelle. Pour Hume, l'induction ne peut pas se justifier de manière rationnelle. Elle est fondée sur l'habitude.
Quel est, selon le philosophe Karl Popper*, le critère de démarcation différenciant la science de la pseudoscience ?	Pour Karl Popper, la science se distingue par la falsifiabilité de ses énoncés. L'astrologie, par exemple, est une pseudoscience, car ses énoncés sont infalsifiables. Une théorie scientifique, au contraire, comprend des hypothèses à partir desquelles nous pouvons déduire des cas de figure ou phénomènes qui la réfuteraient.

SCHÉMA-BILAN

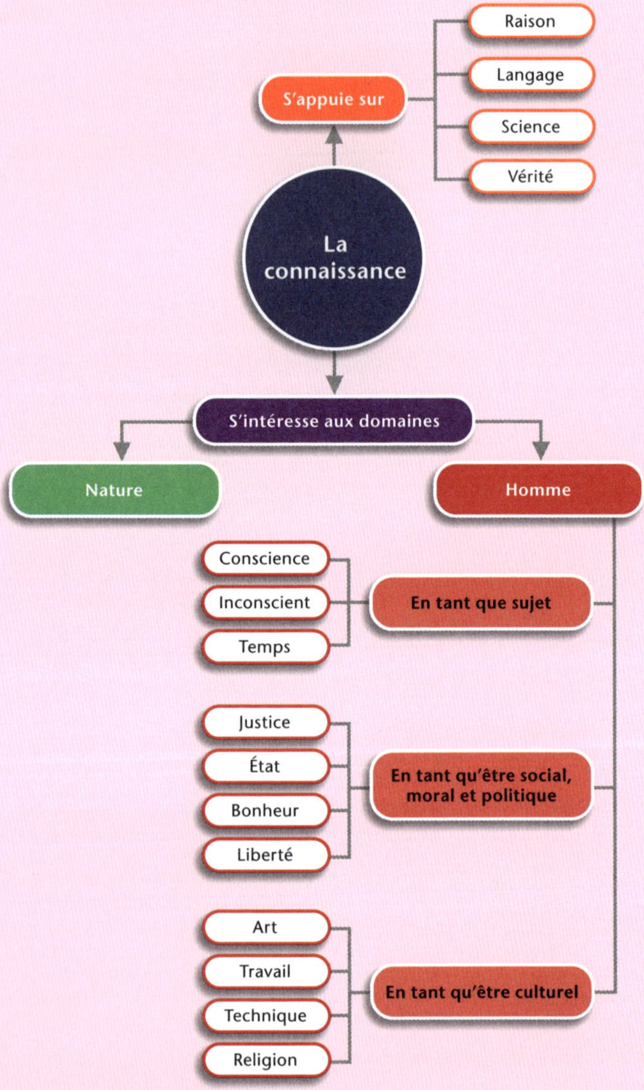

Méthodologie pour l'explication de texte

FICHE 27

Il faut montrer que vous avez compris le **problème** exposé dans l'extrait à étudier, que vous êtes capable de rendre compte de **l'argumentation de l'auteur** répondant à ce problème et que vous avez réussi à **avoir un regard critique** sur cette argumentation.

I Travail préparatoire au brouillon

Règle n° 1

Il faut obligatoirement diviser le travail en plusieurs phases : une **phase préparatoire au brouillon**, une **phase de rédaction au propre** et une **phase de relecture**. Consacrez au moins entre 1 h et 1 h 30 au brouillon. Consacrez au moins 15 minutes à la relecture.

Règle n° 2

Il est indispensable d'identifier **la structure logique** du texte.

a. Il faut repérer la **ponctuation** et les **connecteurs logiques** du texte. Utilisez une couleur particulière pour les distinguer.

b. Il faut repérer les **termes récurrents** dans le texte. Utilisez une couleur par mot ou famille de mots.

c. Il faut repérer les **indications laissées par l'auteur sur l'organisation de l'argumentation** (attention, il n'y en a pas dans tous les textes).

Règle n° 3

Il faut identifier le **sens** de chaque fragment de phrase au sein de chaque étape. Le travail doit toujours être linéaire (ordre du texte).

a. Il faut **reformuler** clairement chaque fragment de phrase de l'étape étudiée. Paraphrasez consciemment le texte pour ne pas tomber dans cet écueil plus tard.

b. Il faut **définir** chaque terme important présent dans chaque fragment de phrase de l'étape étudiée. Posez-vous la question « Qu'est-ce que… ? » à propos de chaque terme important.

c. Il faut **déterminer l'enjeu** de chaque terme important au sein du fragment de phrase de l'étape étudiée.
Demandez-vous pourquoi l'auteur utilise ce terme à ce moment précis de la phrase et du texte.

Règle n° 4

Il faut identifier le **rôle** de chaque étape dans la logique globale du texte.

Règle n° 5

Il faut identifier le **sens global** du texte.

a. Il faut identifier le **thème** du texte.
Posez-vous la question suivante : « De quoi le texte parle-t-il ? »

b. Il faut identifier le **problème** du texte.
Penchez-vous sur la question que s'est posée l'auteur et à laquelle le texte répond.

c. Il faut identifier la **thèse** du texte.
Demandez-vous quelle position l'auteur soutient pour répondre à la question qu'il s'est lui-même posée.

d. Il faut identifier clairement le **plan** du texte, à l'aide des éléments tirés de la règle n° 2.

Présentez les différentes étapes du texte sous forme de questions. Indiquez les lignes pour chaque étape.

Règle n° 6

Il faut avancer des arguments pour **discuter** d'un ou plusieurs aspects problématiques du texte (objections, contre-exemples). Appuyez-vous sur des références philosophiques et sur le cours.

II Travail de rédaction au propre

Règle n° 7

Il faut utiliser les éléments tirés de la règle n° 5 pour rédiger l'**introduction**, en y ajoutant une **accroche** justifiant la nécessité de s'intéresser au texte. Partez d'un exemple pour construire l'accroche.

Règle n° 8

Il faut utiliser les éléments tirés des règles n° 3 et n° 6 pour rédiger le **développement** de l'explication. Il y a autant de parties dans le développement que dans le texte. La discussion est intégrée au fil du développement, ou bien à son terme. Ménagez des transitions.

Règle n° 9

Il faut que la conclusion rappelle avec sobriété le **thème**, le **problème**, la **thèse**, ainsi que le **cheminement argumentatif** du texte.

Méthodologie de la lecture suivie d'une œuvre

FICHE 30

I Conseils généraux

• La **lecture d'une œuvre (ou d'un extrait d'œuvre)** dont l'auteur figure dans la liste officielle est **obligatoire** au cours de l'année de terminale.

• Cette œuvre (ou cet extrait d'œuvre) constitue le **support pour l'oral de contrôle** (dit de « rattrapage »).

Voir la fiche 31 « L'épreuve d'oral de contrôle (dite de "rattrapage") » pour plus d'informations sur ce point.

• Il ne faut toutefois pas limiter cet exercice de lecture suivie à l'oral de contrôle, et penser qu'en dehors de celui-ci, il serait inutile.

• Cette lecture suivie joue un **double rôle** dans l'apprentissage en cours d'année : elle sert de support de réflexion à l'analyse d'une ou de plusieurs notions au programme et familiarise les élèves à l'étude d'une réflexion philosophique se déployant longuement (contrairement aux brefs extraits d'œuvres généralement étudiés en classe).

• Enfin, rien ne vous empêche de vous consacrer à la lecture suivie d'autres œuvres (ou extraits d'œuvres), en plus de celle dont l'étude est obligatoire en cours d'année. Demandez conseil à votre enseignant.

Voir la « Bibliographie » en fin d'ouvrage pour plus d'informations sur ce point.

II Conseils pratiques

• Le fait de lire et de comprendre une œuvre (ou un extrait d'œuvre) philosophique est un travail de longue haleine qui demande de la préparation et de l'anticipation. Il est donc fortement conseillé de ne pas attendre la dernière minute pour se lancer dans la lecture, et donc de **planifier son travail**.

• L'œuvre (ou extrait d'œuvre) philosophique doit être lue **plusieurs fois**.

• Chaque lecture de l'œuvre (ou de l'extrait d'œuvre) doit avoir un **objectif particulier**.

• La **première lecture** est celle de la **découverte**. Il n'est pas question de chercher à comprendre exhaustivement ce que dit l'auteur, mais de **repérer le thème général** (ce dont l'œuvre ou l'extrait d'œuvre parle).

- Les **lectures suivantes** doivent se concentrer sur la **mise en évidence de l'argumentation**, d'abord **de façon globale** (identifier les points de vue, les arguments, les exemples, les objections, etc.), puis, au fil des relectures, **de façon de plus en plus précise** (identifier chaque étape au sein des arguments, analyser les objections ou le rôle des exemples, etc.).

- Il est nécessaire de **prendre des notes** (manuscrites ou numériques) de vos lectures, mais vous devez vous limiter à la **structure argumentative globale** et aux **passages les plus importants**. Sinon, vos notes, trop longues, seront inexploitables.

- Pour ce qui est des passages les plus importants, il est tout à fait possible, et même conseillé, d'en **ficher environ 5 ou 6** (peut-être même que votre enseignant vous aura indiqué, au sein de l'œuvre ou de l'extrait, les passages sur lesquels porter votre attention en priorité), selon le modèle ci-dessous :

Modèle de fiche

Référence du passage au sein de l'œuvre (ou de l'extrait d'œuvre) :

Thème :

Problème :

Thèse :

Structure argumentative détaillée :

Concepts centraux :

Notions du cours en lien avec ce passage :

- La lecture suivie et les notes que vous en tirez constituent un **travail personnel**. Même s'il est utile de confronter ses hypothèses de lecture et de compréhension de l'œuvre (ou de l'extrait d'œuvre) avec celles d'autres personnes, il est difficile de s'approprier les notes d'autrui, chacun ayant bien souvent sa propre manière d'aborder la lecture et la compréhension d'un texte.

L'épreuve d'oral de contrôle (dite de « rattrapage »)

FICHE 31

I Aspects réglementaires

- L'épreuve d'oral de contrôle intervient potentiellement lors du second groupe d'épreuves (communément appelé « **rattrapage** »).
- Cette épreuve porte sur **une œuvre (ou sur un extrait d'œuvre)** étudiée en cours d'année, œuvre dont l'auteur figure dans la liste officielle.

II Aspects pratiques

- L'épreuve dure 20 minutes : 10 minutes maximum de prise de parole par le candidat, 10 minutes maximum d'entretien et de questions posées par l'examinateur.
- Le candidat dispose de 20 minutes de préparation.
- Le candidat doit présenter à l'examinateur **un document visé par le chef d'établissement** du lycée d'origine, document mentionnant au moins l'œuvre (ou l'extrait d'œuvre) étudiée en cours d'année.
- Le candidat doit apporter au moins un exemplaire de l'œuvre (ou de l'extrait d'œuvre), vierge de toute annotation. Un conseil : ayez deux exemplaires sur vous, afin que l'examinateur dispose lui aussi de l'œuvre (ou de l'extrait) à étudier.
- Au début de l'épreuve, l'examinateur détermine, au sein de l'œuvre étudiée (ou de l'extrait d'œuvre), le bref passage qui devra être expliqué (20 à 25 lignes environ).

Attention : si vous ne présentez pas cette liste, l'examinateur sera libre de vous soumettre n'importe quel passage d'une œuvre dont l'auteur figure sur la liste officielle. Cela rendra alors l'épreuve bien plus difficile, car vous ne pourrez plus vous appuyer sur le travail effectué en cours d'année.

- Le candidat est responsable de la gestion du temps. N'oubliez pas de vous munir d'une montre, car l'usage du téléphone portable, même pour consulter l'heure, est interdit.

III Conseils pour réussir l'oral de contrôle

- L'épreuve, qui porte sur une œuvre (ou sur un extrait d'œuvre) connue et étudiée en cours d'année, est tout à fait **accessible** car vous savez d'avance ce sur quoi vous allez être interrogé.

- Les objectifs principaux de l'oral de contrôle sont **identiques à ceux de l'explication de texte par écrit**.

Voir la fiche 27 « Méthodologie pour l'explication de texte », afin d'obtenir plus d'informations sur ce point.

- Lors du temps de **préparation**, il faut d'abord distinguer au brouillon les principaux moments de l'extrait, puis repérer, définir et analyser, au sein de chaque moment, les idées et les termes les plus importants. Ensuite, il faut formuler le thème, le problème et la thèse soutenue par l'auteur. Enfin, il faut replacer le passage à analyser dans l'œuvre (ou dans l'extrait d'œuvre) étudiée en classe.

- Il est très fortement conseillé de procéder dans cet ordre car, si vous commencez par réfléchir à l'œuvre (ou à l'extrait d'œuvre) en général, avant d'analyser le passage qui vous est soumis, vous risquez de vous limiter à un discours global ou à une présentation générale de l'œuvre ou de son auteur. Gardez à l'esprit que l'oral de contrôle consiste en une **analyse précise** du passage qui vous est proposé.

- Lors de l'oral, mentionnez d'abord **le titre de l'œuvre et le nom de son auteur**. Présentez ensuite **le thème**, **le problème**, **la thèse** soutenue par l'auteur, ainsi que **le plan** du passage. À partir de là, procédez à une **explication linéaire de l'extrait**. Dans votre **conclusion**, rappelez sobrement le problème auquel se rapporte ce passage et la thèse formulée par l'auteur pour y répondre.

- À l'issue de votre présentation, l'examinateur sera susceptible de vous poser **deux types de questions**. Les premières pourront vous inciter à préciser ou à reprendre certains points de votre explication. Il ne s'agit pas, pour l'examinateur, de vous « piéger », mais de vous aider à approfondir certains aspects de votre oral abordés trop rapidement. Les secondes pourront vous pousser à élargir votre analyse aux notions du programme auxquelles le passage étudié fait référence.

L'explication de texte : découverte et découpage du texte

> La règle par où nous nous conduisons communément en nos raisonnements est que les objets dont nous n'avons pas l'expérience ressemblent à ceux dont nous l'avons ; que ce que nous avons vu être le plus habituel est toujours le plus probable ; et que, lorsqu'il y a opposition des arguments, nous devons donner la préférence à ceux qui se fondent sur le plus grand nombre d'observations passées. Mais quoique, en suivant cette règle, nous rejetions promptement tout fait insolite et incroyable à un degré ordinaire, pourtant, en avançant davantage, l'esprit n'observe pas toujours la même règle : lorsqu'on lui annonce quelque chose de suprêmement absurde et miraculeux, il admet d'autant plus promptement un tel fait, en raison de la circonstance même qui devrait en détruire l'autorité. La passion de surprise et d'émerveillement qui provient des miracles, étant une agréable émotion, produit une tendance sensible à croire aux événements d'où elle dérive.
>
> David HUME*, *Enquête sur l'entendement humain*, section X (deuxième partie)

- L'objectif de ce premier exercice est de procéder à **l'identification des grandes étapes** du passage présenté ci-dessus. Dans cette perspective, nous nous référerons à la règle n° 2 de la fiche « Méthodologie pour l'explication de texte ».
- Il est d'abord nécessaire de repérer la **ponctuation** et les **connecteurs logiques** (règle n° 2a de la fiche 27). Nous surlignons la ponctuation en rouge et les connecteurs logiques en vert.
- Le repérage de la ponctuation a pour but **d'identifier des stratégies argumentatives implicites**. Dans la première phrase, les points-virgules marquent une **énumération** : il sera donc nécessaire d'identifier toutes les étapes de cette énumération pour comprendre la phrase. Les virgules qui délimitent une apposition signalent une **précision** quant à un terme devant,

dans l'explication, être nécessairement commenté (l'expression « étant une agréable émotion » précise l'expression « passion de surprise » : il faudra commenter leur lien pour les comprendre correctement).

- Les **connecteurs logiques** marquent des **rapports de sens** entre des mots, des propositions ou des phrases. Notons, par exemple, que « lorsque » introduit une condition, « mais quoique » une concession, « pourtant » une objection et « en raison de » une cause.
- Il est ensuite nécessaire de repérer les **termes récurrents** dans le texte (règle n° 2b de la fiche « Méthodologie pour l'explication de texte »). Il est possible d'élargir aux **termes de la même famille**. Chaque terme récurrent est signalé par une couleur de surlignage différente.
- Le repérage des **termes récurrents** met en évidence des **densités de mots** qui vont aider à **délimiter les divers différents moments du passage**.

> **Par exemple,** la présence du terme « esprit » seulement dans la deuxième phrase suggère que la première et la deuxième phrase du passage constituent deux moments argumentatifs distincts. De même pour « passion » : ce mot n'est présent que dans la dernière phrase, ce qui pourrait laisser penser que cette dernière constitue un moment argumentatif à part. Toutefois, cette hypothèse est à relativiser, car les termes « miraculeux » et « miracles » sont présents dans ces deux phrases, ce qui pourrait aussi suggérer que celles-ci appartiennent au même moment argumentatif.

- En recoupant analyse de la ponctuation, des connecteurs logiques et des termes récurrents, nous proposons le **découpage** suivant : un **premier moment** (première phrase) présente l'énumération des trois aspects de la « règle par où nous nous conduisons communément en nos raisonnements » ; un **second moment** (deuxième et troisième phrases) expose et explique les exceptions à cette règle.

L'explication de texte : analyse des moments du texte

• L'objectif est d'identifier, au sein des **étapes** du découpage (voir la fiche « L'explication de texte : découverte et découpage du texte »), le sens de chaque **fragment**.

• Nous nous référerons à la règle n° 3 de la fiche « Méthodologie pour l'explication de texte ».

• L'**étape** correspond à une partie du texte et véhicule **plusieurs informations**. Le **fragment** correspond à une partie d'une étape (morceau de phrase ou d'une phrase entière). Il véhicule une **information simple**.

I Première étape du texte (« La règle [...] passées »)

1. Premier fragment (« La règle [...] nos raisonnements »)

• Une **« règle »** est un ensemble de principes présents à notre esprit, utilisés pour déterminer notre comportement.

• Ici, la règle ne concerne que les **« raisonnements »**, les idées enchaînées de façon consciente et logique pour parvenir à des connaissances vraies ou certaines.

• Comprendre les règles de notre pensée permet d'appréhender les cas dans lesquels celle-ci produit des savoirs vrais ou faux.

2. Deuxième fragment (« est que les objets [...] nous l'avons »)

• Ce fragment présente le **premier aspect de la règle**.

• L'**« expérience »** permet de connaître les objets de notre environnement.

• Tout objet connu est représenté par une idée. Pour ce qui est des objets appréhendés plus tard, il n'y a jamais de découverte radicale, mais une comparaison avec les idées que notre esprit possède déjà.

3. Troisième fragment (« que ce que nous avons vu [...] le plus probable »)

- Ce fragment présente le deuxième aspect de la règle.
- L'idée de probabilité renvoie à l'idée de chance qu'a un évènement de survenir. L'idée d'habitude renvoie à l'influence de la répétition d'une même séquence d'événements sur notre capacité à prévoir les événements futurs.

4. Quatrième fragment (« lorsqu'il y a [...] d'observations passées »)

- Ce fragment présente le troisième aspect de la règle. Un « argument » intervient dans l'exposition des raisons d'une idée.
- Ces raisons doivent provenir d'« observations passées », de l'expérience répétée constituant une habitude.
- Le critère de vérité se limite ainsi à la forte probabilité.

II Seconde étape du texte (« Mais quoique [...] dérive »)

1. Premier fragment (« Mais quoique [...] ordinaire »)

- Quand un évènement déroge à l'habitude, il est vite identifié comme faux, car extraordinaire.
- Ces cas sont d'autant plus évidents qu'ils entravent l'accomplissement de nos projets : l'esprit cherche très vite à corriger ses savoirs, pour les adapter aux nouvelles conditions de son environnement.

2. Deuxième fragment (« Pourtant [...] l'autorité »)

- Ce fragment met en évidence des exceptions à la règle relevant du « suprêmement absurde » et du « miraculeux ».
- Il y a un paradoxe : l'esprit est censé identifier sans peine ce qui s'éloigne grandement de tout fort degré de probabilité, mais, ici, il accepte ces cas comme vrais.

3. Troisième fragment (« La passion [...] dérive »)

- Cette facilité qu'a la règle d'être abolie est due à « la passion de surprise et d'émerveillement ».
- La passion est un état affectif empêchant l'esprit d'enchaîner logiquement les idées et de juger du degré de crédibilité des informations. Sous l'effet de la passion, nous croyons à quelque chose d'improbable, car cela nous procure plus de plaisir que de croire à une chose probable.

L'explication de texte : thème, problème, thèse et plan du texte

• L'objectif de cet exercice d'accompagnement est double : synthétiser les idées mises en évidence par l'analyse des différents fragments du texte, et formuler thème, problème, thèse et plan du texte.

• Nous nous référerons à la règle n° 4, mais aussi et surtout à la règle n° 5 de la fiche « Méthodologie pour l'explication de texte ».

Il est nécessaire d'avoir lu et compris les fiches « L'explication de texte : découverte et découpage du texte » et « L'explication de texte : analyse des moments du texte » avant de poursuivre.

I Synthèse préalable de l'analyse des différents fragments du texte

• Cette étape du travail au **brouillon** n'est pas obligatoire, mais **très fortement conseillée**. En effet, l'analyse d'un texte fragment par fragment a tendance à faire oublier que, malgré ses points de détail, ce texte est animé par une logique interne dont il faudra rendre compte dans le travail final.

• En pratique, il faut rédiger un paragraphe de quelques lignes reprenant, sans entrer dans les détails puisque ce travail vient d'être fait, **l'argumentation globale de l'extrait**. Reportez vous à l'exemple dans l'encadré ci-contre.

Cet extrait s'articule autour de deux idées : la mise en évidence des aspects de la règle selon laquelle notre esprit produit des connaissances, et l'analyse des cas paradoxaux mettant cette règle en défaut.

Notre esprit produit des connaissances tenues pour vraies, ou du moins pour suffisantes selon les principes suivants : imitation, probabilité et relativité.

Toutefois, l'esprit peut tenir des connaissances pour vraies ou suffisantes même si celles-ci ne respectent pas ces principes. Cela est dû au fait que certaines idées, bien que largement improbables, voire impossibles, produisent dans l'esprit une émotion tellement agréable qu'on souhaite les croire vraies, même si cela n'est pas le cas.

II Formulation du thème, du problème, de la thèse et du plan du texte

- Le thème de cet extrait concerne le fonctionnement de la connaissance courante et les cas qui peuvent y faire exception.

Notez bien que le thème doit concerner l'ensemble de l'extrait à étudier, et pas seulement reprendre le propos d'une partie de celui-ci.

- Le problème de cet extrait peut être formulé ainsi : « Quel est le fonctionnement de la connaissance courante, et quels cas peuvent, parfois, y faire exception ? »

Le problème doit lui aussi concerner tout l'extrait à étudier et être rédigé sous forme de question (directe ou indirecte). Dans le cas où une question apparaîtrait dans le texte (l'extrait étudié ici n'est donc pas concerné), ne surtout pas la recopier pour en faire un problème.

- L'auteur soutient la thèse selon laquelle nos connaissances tenues pour vraies se développent par imitation de situations déjà connues et par probabilité. Elles ne peuvent donc qu'être relatives. Certaines connaissances peuvent toutefois être tenues pour vraies tout en faisant exception à ces principes. Elles sont en effet si extraordinaires qu'elles provoquent des émotions plaisantes suscitant notre adhésion.

Notons ici que la formulation de la thèse peut se faire en plusieurs phrases.

- Nous distinguerons dans cet extrait **deux étapes principales**. D'abord, nous nous demanderons quels sont **les mécanismes principaux auxquels obéit notre pensée** (première phrase). Par la suite, nous porterons notre attention sur **les cas qui mettent en défaut ces mécanismes** et tenterons d'**expliquer ces exceptions** (deuxième et troisième phrases).

Le plan doit préférablement être donné sous forme de questions directes ou indirectes (comme ici). Il est nécessaire d'indiquer les éléments de repérage du découpage (numérotation des phrases ou des lignes).

Exercice commenté pas à pas

L'explication de texte : discussion

I Principes généraux

- Nous nous référerons à la règle n° 6 de la fiche « Méthodologie pour l'explication de texte ».
- Même si expliquer un passage d'un texte philosophique consiste d'abord à essayer d'identifier le raisonnement de l'auteur et le problème auquel il cherche à répondre, il ne faut pas pour autant abandonner son esprit critique.
- Il est nécessaire de réagir avec discernement, c'est-à-dire de façon rationnelle et argumentée, face au propos d'un texte. La discussion vous donne l'opportunité de dialoguer avec l'auteur, en exposant et justifiant votre propre position quant au sujet donné (attention toutefois au hors-sujet).
- Demandez-vous pourquoi ce qui est présenté dans l'extrait vous semble étonnant, paradoxal, inattendu.
- Essayez de proposer des objections ou des contre-exemples si vous êtes en désaccord avec l'auteur.
- Si vous êtes d'accord avec l'auteur, il est alors nécessaire de montrer en quoi sa position peut trouver un écho, favorable ou défavorable, dans des idées défendues par d'autres philosophes, ou, plus largement, dans d'autres domaines que celui de la philosophie (science, art, histoire, économie, sociologie, etc.).
- La bonne réalisation de la discussion dépend de la connaissance de références philosophiques (et donc du cours).
- D'un point de vue pratique, insérez les éléments de discussion (après les avoir travaillés au brouillon) à la fin de chaque partie ou à la fin de l'explication linéaire. Les deux méthodes sont possibles et acceptées, mais une fois l'une ou l'autre adoptée, il faut s'y tenir tout au long du devoir.

II Exemple de discussion

Il est nécessaire d'avoir lu et compris les fiches « L'explication de texte : découverte et découpage du texte », « L'explication de texte : analyse des moments du texte » et « L'explication de texte : thème, problème, thèse et plan du texte » avant de poursuivre.

- Il est nécessaire de signaler explicitement au lecteur que vous discutez ce que dit l'auteur. Vous pouvez par exemple employer des formules telles que : « Nous voudrions signaler ici le caractère discutable de ce qui est avancé par l'auteur » (si vous intégrez les éléments de discussion au fil du texte) ou « Nous voudrions, avant de conclure, revenir sur un aspect de cet extrait qui a particulièrement retenu notre attention » (si vous préférez ménager un temps de discussion isolé entre la fin de l'explication linéaire et la conclusion).
- Toute discussion doit être **approfondie**. Il n'est pas acceptable de se contenter d'une critique superficielle. Voici un exemple :

Selon Hume*, toute connaissance, mis à part les exceptions mentionnées, se fonde sur une expérience passée. Ainsi, toute appréhension d'un élément nouveau se fera à l'aide d'un élément déjà connu ; connaître se résume donc à reconnaître. Si nous adoptons radicalement cette conception, cela voudrait dire que connaître quelque chose dont nous n'aurions jamais fait l'expérience, directe ou indirecte, auparavant serait impossible car nous serions dépourvus d'éléments de comparaison. En somme, toute innovation et toute découverte radicale seraient inaccessibles. Pourtant, même si nous avons largement recours à l'habitude dans notre vie quotidienne, il nous arrive aussi d'être confrontés à des éléments radicalement nouveaux, éléments que nous parvenons, malgré tout, à comprendre peu à peu (par exemple, une langue étrangère). Ainsi, le fait que nous puissions apprendre des choses radicalement nouvelles, même si cela s'avère difficile, semble aller à l'encontre de la thèse formulée par Hume, et doit nous conduire à considérer cette dernière avec prudence.

L'explication de texte : indications pour la rédaction finale

I Principes généraux

• Nous nous référerons aux règles n° 7, n° 8 et n° 9 de la fiche « Méthodologie pour l'explication de texte ».

• La réussite de la rédaction finale de l'explication de texte dépend d'un **travail rigoureux et suivi au brouillon**.

Pour voir ou revoir ce qu'il est nécessaire de faire au brouillon, lisez les fiches « L'explication de texte : découverte et découpage du texte », « L'explication de texte : analyse des moments du texte », « L'explication de texte : thème, problème, thèse et plan du texte » et « L'explication de texte : discussion ».

• Même s'il n'y a pas, dans la notation, de barème dédié à la correction de la langue et à l'orthographe, il est absolument nécessaire que votre travail soit **exempt de fautes**, surtout s'il s'agit d'un travail à faire la maison, sans contrainte de temps. Le fait de respecter les règles de la langue française garantit la bonne compréhension de votre travail par le lecteur.

• Il est préférable, si vous avez des difficultés d'expression écrite, de **privilégier l'usage de phrases simples** plutôt que de tournures complexes que vous ne maîtrisez pas forcément. L'essentiel est que le message que vous souhaitez transmettre soit bien compris par le lecteur.

II L'introduction

• L'introduction est généralement composée de deux parties : l'**introduction générale** (ou accroche) et l'**introduction spéciale**.

1. L'introduction générale (ou accroche)

• L'introduction générale (ou accroche) a pour but de poser une question générale à laquelle le passage à expliquer pourrait répondre. Elle est **souhaitable, mais pas obligatoire**.

• Il est indispensable que l'introduction générale (ou accroche) soit **mesurée dans la forme et dans le fond**. Elle ne doit ni être trop longue (un tiers de page à une demi-page maximum) ni se perdre dans de vaines généralités.

- L'introduction générale (ou accroche) peut être construite à partir d'**exemples de la vie courante**, **d'éléments culturels ou d'actualité**, ou encore d'une **citation philosophique** (attention, dans ce dernier cas, il faut être très prudent et ne pas utiliser une référence philosophique qui serait plus pertinente dans le développement).

2. L'introduction spéciale

- L'introduction spéciale doit présenter la **source (œuvre et auteur) du passage à expliquer**. Attention, dans un travail manuscrit, le titre de l'œuvre dont le passage est extrait doit être souligné, et, dans un travail rédigé à l'aide d'un traitement de texte, mis *en italique*.
- L'introduction spéciale doit mentionner le **thème**, le **problème**, la **thèse** et le **plan du passage** à expliquer.

III Le développement

- Le développement doit **suivre l'ordre du texte**.
- Chaque étape du texte doit donner lieu à une étape dans le développement. Il n'y a donc pas de plan type (constitué d'un nombre prédéfini d'étapes) pour l'explication de texte.
- Il est crucial de ménager des transitions entre chaque étape du développement, en résumant rapidement ce qui vient d'être expliqué et en annonçant la question à traiter dans la prochaine étape.

IV La conclusion

- La conclusion doit rappeler brièvement **le thème**, **le problème**, **la thèse** et **le cheminement argumentatif** du passage étudié.
- **Inutile de finir par une ouverture**, celle-ci étant malheureusement, dans la plupart des cas, très maladroite. N'oubliez pas : on quitte son lecteur avec la conclusion. Hors de question, donc, de laisser une mauvaise impression finale et de gâcher tous les efforts accomplis auparavant.

La dissertation : analyse du sujet

• L'objectif de ce premier exercice est d'analyser le sujet suivant : « L'expérience est-elle un obstacle à la raison ? »
Nous nous référerons à la règle n° 2 de la fiche 28 « Méthodologie pour la dissertation ».

I Identification et définition des termes du sujet

1. Identification

• Il faut identifier les termes importants du sujet pour cerner les idées exprimées.

• Nous rencontrons trois termes importants : « expérience », « obstacle » et « raison ».

• Attention : les termes importants ne sont pas toujours explicites.
Par exemple, le sujet « Devons-nous tout faire pour être heureux ? » comporte quatre termes importants : « devons » (devoir), « faire » (action), « tout » (totalité) et « heureux » (bonheur).

2. Définition

• Il faut définir les termes en énumérant leurs synonymes et significations proches et en mettant en évidence ce qui les oppose.

• L'expérience présente trois significations principales. Elle relève tout d'abord de la découverte et de la connaissance de notre environnement. Elle peut aussi se référer au vécu propre à chacun et à la répétition de constats menant à une croyance. Enfin, elle peut être rapprochée de l'expérimentation.

• L'obstacle peut, dans un premier temps, être compris comme une simple difficulté à surmonter, une borne. Mais il peut également s'agir d'une limite impossible à dépasser. Enfin, il peut constituer une épreuve pouvant améliorer nos capacités ou nos connaissances.

• La raison désigne d'abord notre faculté à maîtriser notre pensée. Elle fait le tri parmi les différentes informations, puis les organise en systèmes de connaissances. Elle peut alors être rapprochée du bon sens dont nous faisons usage dans la vie courante. Mais la raison représente, dans un sens plus restreint, le plus haut degré de maîtrise de notre pensée, ainsi que la capacité à établir la nécessité et la vérité absolue d'un savoir, en produisant des enchaînements nécessaires d'idées à partir de points de départ eux aussi nécessaires.

II Approfondissement conceptuel

- L'approfondissement conceptuel permet d'éviter le hors-sujet en identifiant les termes opposés et ceux qu'il faudra nécessairement définir au cours du travail.

	Termes opposés	Termes dépendants
Expérience	théorie	expérimentation, vécu, croyance
Obstacle	aide, outil	limite, borne, défi
Raison	passion, sentiment	bon sens, démonstration

III Mise en évidence de l'unité du sujet

- Le fait de se demander si l'expérience est un obstacle à la raison se comprend de deux façons : soit l'expérience est le seul obstacle à la raison, soit il s'agit d'un obstacle parmi d'autres.
- Il y a donc un **nouvel enjeu** : découvrir quels sont les autres obstacles à la raison (s'ils existent).

IV Détermination du terme le plus important

- Il faut cerner le terme qui, s'il n'était pas correctement défini, **compromettrait la compréhension du sujet**.
- Il s'agit ici de **« raison »**, car ce terme détermine ceux d'« expérience » et d'« obstacle ».

V Pistes initiales de questionnement

- Si nous lions expérience, vécu et croyance, si nous considérons la raison comme la capacité à enchaîner nécessairement des idées, et si nous tenons l'obstacle comme une limite indépassable, alors le sujet signifie que le bon sens est une limite indépassable à la recherche de connaissances nécessaires.
- Si nous considérons que l'expérience relève du vécu, la raison du bon sens et l'obstacle du perfectionnement, alors le sujet signifie que l'expérience peut favoriser en pratique la conduite de la vie.
- Si nous assimilons l'expérience à l'expérimentation, la raison à la capacité à comprendre notre environnement, et la limite à une difficulté temporaire, alors le sujet signifie que les découvertes de l'expérimentation nous permettent d'identifier les lois de la nature, et, par conséquent, de mieux connaître cette dernière.

La dissertation : production de la problématique

- L'objectif ici est de **problématiser** le sujet de dissertation (« L'expérience est-elle un obstacle à la raison ? »), dont l'analyse a été menée auparavant (voir fiche « La dissertation : analyse du sujet »).
- Nous nous référerons à la règle n° 3 de la fiche « Méthodologie pour la dissertation ».
- Attention : problématiser ne veut dire ni recopier ni reformuler le sujet. Au contraire, problématiser signifie être capable de rendre explicites toutes les questions sous-entendues par le sujet, questions auxquelles il faut répondre de manière ordonnée pour pouvoir défendre correctement l'idée directrice (ou thèse).

I Établissement du questionnement

- Le questionnement est un ensemble de questions devant faire état de toutes les interrogations par lesquelles il sera nécessaire de passer.
- Il doit, d'une part, envisager toute la complexité du sujet (c'est-à-dire identifier, définir et ordonner toutes les notions dont l'étude est indispensable), et, d'autre part, construire peu à peu l'argumentation en faveur de l'idée directrice (ou thèse).
- La manière la plus simple de procéder est de reprendre les pistes initiales de questionnement élaborées lors de l'étape précédente (voir fiche « La dissertation : analyse du sujet »).
- Pour le sujet « L'expérience est-elle un obstacle à la raison ? », le questionnement suivant est envisageable :

« Le bon sens est-il une limite indépassable à la recherche de connaissances nécessaires ? L'expérience courante peut-elle favoriser en pratique la conduite de la vie ? Les découvertes de l'expérimentation nous permettent-elles d'identifier les lois de la nature, et, par conséquent, de mieux connaître cette dernière ? »

II Choix du problème

- Le problème doit résumer le questionnement. Il est l'interrogation à laquelle tout le développement va chercher à répondre.

- Le problème peut être une des questions du questionnement (si vous avez formulé au sein de celui-ci une question plus générale et synthétique que les autres, une question pouvant résumer toutes vos interrogations) ou une nouvelle question, synthétique, construite à partir de celles du questionnement.

- D'un point de vue pratique, le problème peut être rédigé en une ou plusieurs phrases.

- Pour le sujet « L'expérience est-elle un obstacle à la raison ? », le problème suivant est envisageable :

> « L'expérience peut-elle être à la fois une limite indépassable à la connaissance nécessaire (ou purement rationnelle) et une alliée dans la conduite raisonnable de notre vie ? Plus encore, peut-elle être une aide au développement de la connaissance scientifique par le biais de l'expérimentation ? »

III Identification de l'idée directrice (ou thèse)

- L'idée directrice (ou thèse) est le fil directeur que vous vous donnez pour répondre au problème.

- Vous devez suivre l'idée directrice (ou thèse) **tout au long de votre développement**.

- Le **plan** devra être organisé en fonction de cette idée directrice (ou thèse).

- Pour des questions de style, l'idée directrice (ou thèse) peut être rédigée en une ou plusieurs phrases.

- Pour le sujet « L'expérience est-elle un obstacle à la raison ? », l'idée directrice (ou thèse) suivante est envisageable :

> « L'expérience est le plus souvent favorable à la conduite de notre vie. Mais elle peut aussi être envisagée comme une limite indépassable à la recherche de connaissances nécessaires. Enfin, l'expérience comme expérimentation permet d'identifier, malgré quelques difficultés, les lois de notre environnement, et, par conséquent, d'anticiper le comportement de ce dernier. »

La dissertation : élaboration d'un plan détaillé

• L'objectif de cet exercice est de proposer un plan pour le sujet suivant : « L'expérience est-elle un obstacle à la raison ? » Nous nous référerons à la règle n° 4 de la fiche « Méthodologie pour la dissertation ».

I Principes généraux

• La dissertation suit le modèle du **plan dialectique** (voir fiche « Méthodologie du plan »). Ce modèle, souvent présenté sous la forme « thèse, antithèse, synthèse », ne doit pas être caricaturé sous la forme, stérile : « oui, non, oui et non ».

• Le plan dialectique doit être compris à partir du modèle **« thèse, objection à la thèse, réponse à l'objection à la thèse »**.

• L'idée à défendre est exposée et justifiée dans une **première partie**, puis reçoit des objections dans une **deuxième partie**. Ces objections sont enfin surmontées dans une **troisième partie**, qui reprend et renforce la thèse initialement exposée dans la première partie.

• Chaque partie doit **progresser logiquement**. Toute affirmation doit être **justifiée** et **illustrée par des exemples ou des références philosophiques**. Un exemple seul ne justifie rien, et la citation d'un philosophe ne remplacera jamais le travail d'argumentation.

II Mise en œuvre

1. Rappels

• Le plan doit **reprendre le questionnement et l'idée directrice** identifiés auparavant au brouillon. Un effort particulier devra être consenti à la présentation du questionnement sous forme dialectique.

• Nous avons identifié, dans la fiche « La dissertation : production de la problématique », le questionnement suivant : « Le bon sens est-il une limite indépassable à la recherche de connaissances nécessaires ? L'expérience courante peut-elle favoriser en pratique la conduite de la vie ? Les découvertes de l'expérimentation nous permettent-elles d'identifier les lois de la nature, et, par conséquent, de mieux connaître cette dernière ? »

- Nous avons identifié, dans la fiche « La dissertation : production de la problématique », l'idée directrice suivante : « L'expérience est le plus souvent favorable à la conduite de notre vie. Mais elle peut aussi être envisagée comme une limite indépassable à la recherche de connaissances nécessaires. Enfin, l'expérience comme expérimentation permet d'identifier, malgré quelques difficultés, les lois de notre environnement, et, par conséquent, d'anticiper le comportement de ce dernier »

2. Exemple de plan

- **Thèse (première partie) :** défense de la première partie de l'idée directrice « L'expérience est le plus souvent favorable à la conduite de notre vie », en réponse à la question : « L'expérience courante peut-elle favoriser en pratique la conduite de la vie ? »

- **Antithèse (deuxième partie) :** défense de la deuxième partie de l'idée directrice « Mais elle peut aussi être envisagée comme une limite indépassable à la recherche de connaissances nécessaires », en réponse à la question : « Le bon sens est-il une limite indépassable à la recherche de connaissances nécessaires ? »

Cette partie s'oppose à l'idée de départ (l'expérience peut nous être utile). Faites ici référence aux notions de théorie, de logique et, plus largement, de sciences exactes (mathématiques, géométrie).

- **Synthèse (troisième partie) :** défense de la troisième partie de l'idée directrice « Enfin, l'expérience comme expérimentation permet d'identifier, malgré quelques difficultés, les lois de notre environnement, et, par conséquent, d'anticiper le comportement de ce dernier », en réponse à la question : « Les découvertes de l'expérimentation nous permettent-elles d'identifier les lois de la nature, et, par conséquent, de mieux connaître cette dernière ? »

Cette partie, en réponse à l'objection de la partie précédente, rejoint l'idée de départ de la première partie (l'expérience nous est utile), tout en insistant sur la nécessité d'une méthode scientifique pour contrôler l'expérience.

La dissertation : indications pour la rédaction finale

I Principes généraux

- Nous nous référerons aux règles n° 5, n° 6 et n° 7 de la fiche « Méthodologie pour la dissertation ».

Pour voir ou revoir ce qu'il est nécessaire de faire au brouillon, lisez ou relisez les fiches « La dissertation : analyse du sujet », « La dissertation : production de la problématique », « La dissertation : élaboration d'un plan détaillé » et « Méthodologie du plan ».

- La **réussite de la rédaction finale** de la dissertation dépend d'un **travail rigoureux et suivi au brouillon**.

- Il est absolument nécessaire que votre travail soit **dénué de fautes** (qu'il soit soumis ou non à une contrainte de temps). Si vous ne respectez pas ce principe, votre travail sera peut-être mal compris par le lecteur.

- **Privilégiez les phrases simples** si vous maîtrisez mal l'expression écrite et abandonnez les tournures compliquées. La compréhension de vos idées doit être votre principal objectif, quitte à ce que votre style soit dépouillé.

II L'introduction

- L'introduction est généralement composée de deux parties : l'**introduction générale** (ou accroche) et l'**introduction spéciale**.

1. L'introduction générale (ou accroche)

- L'introduction générale (ou accroche) a pour but de montrer la pertinence du sujet de la dissertation. Elle n'est pas obligatoire, mais souhaitable.

- L'introduction générale (ou accroche) ne doit **ni être trop longue** (un tiers de page à une demi-page maximum) **ni se perdre dans de vaines généralités**.

- L'introduction générale (ou accroche) peut être construite à partir d'**exemples de la vie courante**, d'**éléments culturels ou d'actualité**, ou encore d'une **citation philosophique** (attention, dans ce dernier cas, il faut être très prudent et ne pas utiliser une référence philosophique qui serait plus pertinente dans le développement).

2. L'introduction spéciale

- L'introduction spéciale doit d'abord reprendre l'intitulé du sujet. Attention à ne pas vous tromper en recopiant. Une telle mise en garde peut paraître ridicule, mais cela arrive régulièrement (surtout sous l'effet du stress, le jour de l'examen).

- L'introduction spéciale doit mentionner **l'analyse des termes du sujet**, la **problématique (questionnement, problème, idée directrice)** et le **plan** de votre travail.

III Le développement

- Le développement doit **suivre l'ordre annoncé dans l'introduction**. On constate trop souvent des incohérences entre le plan annoncé et celui effectivement suivi dans le développement.

- Chaque partie du plan doit être complètement traitée. Ne passez à la partie suivante que quand votre raisonnement est entièrement abouti.

- Il est crucial de ménager des transitions entre chaque partie du développement, en résumant rapidement ce qui vient d'être développé et en annonçant la question à traiter dans la prochaine partie.

IV La conclusion

- La conclusion doit rappeler brièvement la **problématique (questionnement, problème, idée directrice)** et les **grandes étapes de votre argumentation**.

- **Inutile de finir par une ouverture**, celle-ci étant malheureusement, dans la plupart des cas, très maladroite et superflue. Ne laissez pas une mauvaise impression finale à votre lecteur, mauvaise impression qui viendrait gâcher tous les efforts accomplis auparavant.

L'existence humaine et la culture : dissertations et textes

FICHE 41

I Dissertations

- Choisissons-nous notre existence ?
- Nos connaissances viennent-elles entièrement de l'expérience ?
- La culture est-elle un simple ajout à la nature ?

Vous pouvez vous appuyer sur ces sujets et textes pour approfondir vos connaissances et vous entraîner.

II Textes

Cette conscience de soi, l'homme l'acquiert de deux manières : primo, théoriquement, parce qu'il doit se pencher sur lui-même pour prendre conscience de tous les mouvements, replis et penchants du cœur humain et d'une façon générale se contempler, se représenter ce que la pensée peut lui assigner comme essence, enfin se reconnaître exclusivement aussi bien dans ce qu'il tire de son propre fond que dans les données qu'il reçoit de l'extérieur. Deuxièmement, l'homme se constitue pour soi par son activité pratique, parce qu'il est poussé à se trouver lui-même, à se reconnaître lui-même dans ce qui lui est donné immédiatement, dans ce qui s'offre à lui extérieurement. Il y parvient en changeant les choses extérieures, qu'il marque du sceau de son intériorité et dans lesquelles il ne retrouve que ses propres déterminations.

Georg Wilhelm Friedrich Hegel, *Esthétique*, 1835.

Je perçois autrui comme comportement ; par exemple je perçois le deuil ou la colère d'autrui dans sa conduite, sur son visage et sur ses mains, sans aucun emprunt à une expérience « interne » de la souffrance ou de la colère et parce que deuil et colère sont des variations de l'être au monde, indivises entre le corps et la conscience, et qui se posent aussi bien sur la conduite d'autrui, visible dans son corps phénoménal, que sur ma propre conduite telle qu'elle s'offre à moi. Mais enfin le comportement d'autrui et même les paroles d'autrui ne sont pas autrui. Le deuil d'autrui et sa colère n'ont jamais exactement le même sens pour lui et pour moi. […] Ou si je peux, par un mouvement d'amitié, participer à ce deuil et à cette colère, ils restent le deuil et la colère de mon ami Paul : [...] je souffre parce que Paul a de la peine, je suis en colère parce qu'il est en colère, les situations ne sont pas superposables. Et si enfin nous faisons quelque projet en commun, ce projet commun n'est pas un seul projet, et il ne s'offre pas sous les mêmes aspects pour moi et pour Paul, nous n'y tenons pas autant l'un que l'autre, ni en tout cas de la même façon, du seul fait que Paul est Paul et que je suis moi. Nos consciences ont beau, à travers nos situations propres, construire une situation commune dans laquelle elles communiquent, c'est du fond de sa subjectivité que chacun projette ce monde « unique ».

Maurice Merleau-Ponty, *Phénoménologie de la perception, 1945.*

Lorsqu'on considère un objet fabriqué, comme par exemple un livre ou un coupe-papier, cet objet a été fabriqué par un artisan qui s'est inspiré d'un concept ; il s'est référé au concept de coupe-papier, et également à une technique de production préalable qui fait partie du concept, et qui est au fond une recette. Ainsi, le coupe-papier est à la fois un objet qui se produit d'une certaine manière et qui, d'autre part, a une utilité définie, et on ne peut pas supposer un homme qui produirait un coupe-papier sans savoir à quoi l'objet va servir. Nous dirons donc que, pour le coupe-papier, l'essence – c'est-à-dire l'ensemble des recettes et des qualités qui permettent de le produire et de le définir – précède l'existence ; et ainsi la présence, en face de moi, de tel coupe-papier ou de tel livre est déterminée. Nous avons donc là une vision technique du monde, dans laquelle on peut dire que la production précède l'existence.

Jean-Paul Sartre, *L'existentialisme est un humanisme*, 1946.

La morale et la politique : dissertations et textes

FICHE 42

I Dissertations

Vous pouvez vous appuyer sur ces sujets et textes pour approfondir vos connaissances et vous entraîner.

- Les conventions sociales peuvent-elles tenir lieu de morale ?
- La politique a-t-elle affaire à l'idéal ou au réel ?
- Agir par devoir, est-ce nécessairement bien agir ?
- Ne respectons-nous autrui qu'afin qu'il nous respecte ?
- Une communauté politique n'est-elle qu'une communauté d'intérêts ?
- Les hommes ont-ils besoin d'être gouvernés ?
- Doit-on tout attendre de l'État ?

II Textes

Ce qui se trouve en dehors de mon corps, par conséquent le monde sensible tout entier, est un bien commun et la formation de celui-ci selon les lois de la raison n'est pas confiée à moi seul, mais à tous les êtres raisonnables. Pour elle, je ne suis pas seul responsable et je n'ai aucunement le droit, en ce qui la concerne, de procéder d'après ma conviction privée, car je ne peux agir dans ce monde sensible sans influencer les autres, donc, au cas où cette action exercée sur eux ne serait pas conforme à leur volonté propre, sans porter préjudice à leur liberté, ce qui m'est absolument interdit. Ce qui a une influence sur tous, je n'ai pas le droit de le faire sans le consentement de tous, donc sans me régler sur des principes approuvés par tous et conformes à la conviction commune. Dès lors, s'il arrivait qu'une conviction commune et un accord sur la manière dont on doit permettre à chacun d'influencer les autres soient impossibles, il en résulterait une impossibilité d'agir qui contredit la loi morale. Cependant, on ne la contredit pas moins en agissant sans se régler sur un accord universel. Il faut donc, en vertu d'un commandement absolu de la loi morale, réaliser un tel accord. La convention indiquant comment les hommes doivent pouvoir s'influencer mutuellement, c'est-à-dire la convention relative à leurs droits communs dans le monde sensible, se nomme le contrat social, et la communauté qui fait l'objet de ce contrat, l'État. C'est un devoir de conscience absolu de se réunir avec d'autres pour former un État. Celui qui ne le veut pas ne doit absolument pas être toléré dans la société car on ne peut pas, en toute conscience, avoir le moindre commerce avec lui, attendu que, comme il ne s'est pas expliqué sur la manière dont il veut être traité, il faut toujours craindre de le traiter contre sa volonté et contre son droit.

Johann Gottlieb FICHTE, *Le Système de l'éthique d'après les principes de la doctrine de la science,* 1798.

Si naturellement, en effet, qu'on fasse son devoir, on peut rencontrer en soi de la résistance ; il est utile de s'y attendre, et de ne pas prendre pour accordé qu'il soit facile de rester bon époux, bon citoyen, travailleur consciencieux, enfin honnête homme. Il y a d'ailleurs une forte part de vérité dans cette opinion ; car s'il est relativement aisé de se maintenir dans le cadre social, encore a-t-il fallu s'y insérer, et l'insertion exige un effort. L'indiscipline naturelle de l'enfant, la nécessité de l'éducation, en sont la preuve. Il n'est que juste de tenir compte à l'individu du consentement virtuellement donné à l'ensemble de ses obligations, même s'il n'a plus à se consulter pour chacune d'elles. Le cavalier n'a qu'à se laisser porter ; encore a-t-il dû se mettre en selle. Ainsi pour l'individu vis-à-vis de la société. En un certain sens il serait faux, et dans tous les sens il serait dangereux, de dire que le devoir peut s'accomplir automatiquement. Érigeons donc en maxime pratique que l'obéissance au devoir est une résistance à soi-même.

Henri BERGSON, *Les Deux Sources de la morale et de la religion,* 1932.

La connaissance : dissertations et textes

FICHE 43

I Dissertations

- N'y a-t-il de connaissance que scientifique ?
- Peut-on donner un sens à tout ?
- L'évidence est-elle le critère de la vérité ?

Vous pouvez vous appuyer sur ces sujets et textes pour approfondir vos connaissances et vous entraîner.

II Textes

La proposition d'après laquelle les faits sociaux doivent être traités comme des choses – proposition qui est à la base même de notre méthode – est de celles qui ont provoqué le plus de contradictions. [...]
Qu'est-ce en effet qu'une chose ? La chose s'oppose à l'idée comme ce que l'on connaît du dehors à ce que l'on connaît du dedans. Est chose tout objet de connaissance qui n'est pas naturellement compénétrable à l'intelligence, [...] tout ce que l'esprit ne peut arriver à comprendre qu'à condition de sortir de lui-même, par voie d'observations et d'expérimentations, en passant progressivement des caractères les plus extérieurs et les plus immédiatement accessibles aux moins visibles et aux plus profonds. Traiter des faits d'un certain ordre comme des choses, [...] c'est observer vis-à-vis d'eux une certaine attitude mentale. C'est en aborder l'étude en prenant pour principe qu'on ignore absolument ce qu'ils sont, et que leurs propriétés caractéristiques, comme les causes inconnues dont elles dépendent, ne peuvent être découvertes par l'introspection même la plus attentive.

Émile Durkheim, *Les Règles de la méthode sociologique*, 1894.

Le géomètre, lorsqu'il trace au tableau ses figures, forme des traits qui existent en fait sur le tableau qui lui-même existe en fait. Mais, pas plus que le geste physique de dessiner, l'expérience de la figure dessinée, en tant qu'expérience, ne fonde aucunement l'intuition et la pensée qui portent sur l'essence géométrique. C'est pourquoi il importe peu qu'en traçant ces figures il soit ou non halluciné et

qu'au lieu de dessiner réellement il projette ses lignes et ses constructions dans un monde imaginaire.
Il en est autrement du savant dans les sciences de la nature. Il observe et expérimente ; autrement dit, il constate par expérience une existence ; pour lui l'expérience est l'acte sur lequel tout le reste se fonde et que la simple fiction ne peut jamais remplacer. C'est précisément pourquoi sciences du fait et sciences de l'expérience sont des concepts équivalents.

Edmund Husserl, *Idées directrices pour une phénoménologie pure,* 1913.

La vérité serait déposée dans les choses et dans les faits : notre science irait l'y chercher, la tirerait de sa cachette, l'amènerait au grand jour. Une affirmation telle que « la chaleur dilate les corps » serait une loi qui gouverne les faits, qui trône, sinon au-dessus d'eux, du moins au milieu d'eux, une loi véritablement contenue dans notre expérience et que nous nous bornerions à en extraire. [...] Cette conception de la vérité est naturelle à notre esprit [...] parce qu'il est naturel de se représenter la réalité comme un tout parfaitement cohérent et systématisé, que soutient une armature logique [...]. Mais l'expérience pure et simple ne nous dit rien de semblable. L'expérience nous présente un flux de phénomènes : si telle ou telle affirmation relative à l'un d'eux nous permet de maîtriser ceux qui le suivront ou même simplement de les prévoir, nous disons de cette affirmation qu'elle est vraie. Une proposition telle que « la chaleur dilate les corps », proposition suggérée par la vue de la dilatation d'un certain corps, fait que nous prévoyons comment d'autres corps se comportent en présence de la chaleur, elle nous aide à passer d'une expérience ancienne à des expériences nouvelles : c'est un fil conducteur, rien de plus. La réalité coule, nous coulons avec elle, et nous appelons vraie toute affirmation qui, en nous dirigeant à travers la réalité mouvante, nous donne prise sur elle et nous place dans de meilleures conditions pour agir.

Henri Bergson, *La Pensée et le Mouvant,* 1934.

Absolu/Relatif

- Le terme « **absolu** » recouvre plusieurs significations.
- Il peut correspondre à la **négation de toute mesure ou limite**. Un état tyrannique qui n'est freiné par aucune forme d'opposition détient un pouvoir absolu sur ses sujets.
- On retrouve ce mot dans des phrases du type : « *Illusions perdues* de Balzac est un chef-d'œuvre absolu. » « Absolu » est ici synonyme de perfection : aucun défaut n'entache ou vient limiter la portée de l'œuvre.
- L'absolu, enfin, peut se définir comme **ce qui ne dépend de rien d'autre que de lui-même** (par ex., Dieu dans les religions monothéistes).
- Le **relatif**, au contraire, implique une notion de **limite et la dépendance à quelque chose d'autre**.
- Le pouvoir des gouvernants est relatif lorsqu'il est limité par des institutions.
- Dire que la morale est « relative » signifie que les jugements quant au bien et au mal dépendent toujours de l'individu ou d'une culture donnée.

Abstrait/Concret

- Nous entendons ordinairement par « **abstrait** » ce qui s'éloigne du réel (par ex., l'art abstrait, qui n'est pas une représentation du monde qui nous entoure) ou ce qui nous semble peu intelligible (« Il s'exprime dans un langage abstrait. »)
- Dans son sens philosophique, le terme « abstrait » doit être rattaché à l'opération qui consiste à abstraire, c'est-à-dire à isoler la caractéristique essentielle ou particulière d'une chose. Ici, l'abstrait ne s'oppose pas nécessairement au réel (on peut abstraire d'un objet ses dimensions exactes).
- Le **concret** renvoie au **monde matériel** et à ce qui est **directement perceptible** par nos sens. Par exemple, la texture et la couleur d'une feuille de papier ne se limitent pas aux dimensions abstraites de celle-ci (« format A4 »).

En acte/En puissance

- Distinction fondamentale chez Aristote*. La toile blanche est une peinture en puissance. Elle devient une peinture en acte grâce au travail de l'artiste.

- « **En puissance** » implique une **capacité ou une possibilité à l'état virtuel** (en théorie, la toile pourrait devenir une peinture).

- « **En acte** » implique la **réalisation ou l'accomplissement de cette virtualité** (la toile devient ce qu'elle pouvait devenir en théorie).

Analyse/Synthèse

- Admettons que nous devons résoudre un problème ; **analyser** ce problème reviendra à le **décomposer** en ses éléments les plus simples.

- C'est par la mise en relation des éléments décomposés, à savoir par la **synthèse**, que nous obtiendrons la résolution du problème.

Concept/Image/Métaphore

- Il est très important de ne pas confondre ces trois notions.

- C'est à partir d'un objet de pensée (par ex., la morale) que le philosophe forme un **concept** (par ex., l'impératif catégorique de Kant*). Le concept est une représentation mentale et générale visant à organiser nos connaissances autour d'un objet de pensée.

- L'**image** est la **reproduction visuelle** d'un objet par l'art (peinture, sculpture, dessin) ou la technique (photographie, vidéo). Par ailleurs, nos souvenirs nous permettent de conserver des **images mentales** de nos perceptions.

- La **métaphore** est une figure de style qui se réfère à une chose en en mentionnant une autre. Par exemple, l'expression « le printemps de la vie » renvoie, de façon métaphorique, à l'idée de jeunesse.

Contingent/Nécessaire

- Un événement contingent est soumis au hasard : il peut tout autant se produire que ne pas se produire.

- L'événement relève de la nécessité lorsqu'il est impossible de le concevoir autrement. On peut parler d'une nécessité strictement logique (par ex., lorsque la conclusion découle des prémisses du syllogisme).

Repères

Croire/Savoir

- Le **savoir** repose sur l'adoption d'une idée ou d'une théorie suite à une démonstration logique et/ou à un apport de preuves. Le savoir vise l'objectivité et l'universalité (voir fiche 16 « La raison »).
- La **croyance**, au contraire, est l'adhésion à une idée ou à une théorie en l'absence de toute démonstration logique ou de preuve. La croyance relève ainsi du domaine de l'opinion. Elle est subjective et particulière.

Essentiel/Accidentel

- L'**essence** est ce qui caractérise une chose indépendamment de ce qui peut la modifier en surface. Par exemple, la coloration ne modifie pas l'essence des cheveux.
- L'**accident** est une modification superficielle de l'essence. Par rapport aux cheveux, la coloration est accidentelle.
- La distinction entre l'accidentel et l'essentiel est **à rapprocher de la différence entre la contingence et la nécessité** (voir « Repères 1 »).

Exemple/Preuve

- L'**exemple** est l'illustration d'une idée, d'une règle, ou encore d'une théorie par un cas particulier.
- La **preuve** est la démonstration logique d'une idée ou d'une théorie par l'expérience.

Expliquer/Comprendre

- Prenons l'exemple d'un château construit durant la période du Moyen Âge.
- Les sciences naturelles vont, dans un premier temps, chercher à déterminer les matériaux à partir desquels le château a été construit. Dans un second temps, le savoir des physiciens et des chimistes pourra montrer comment la forteresse tient debout. Nous sommes ici dans le domaine de l'**explication**.
- L'historien va, pour sa part, chercher à déterminer les motivations humaines ayant conduit à l'édification du château. Il va aussi

chercher à comprendre en quoi le celui-ci reflète les mentalités de l'époque. Il ne s'intéresse donc pas directement aux causes naturelles, mais aux raisons et intentions humaines. En d'autres termes, il cherche à **comprendre**.

En fait/En droit

- L'expression **« en fait »** relève du domaine de l'être, ou, pour le dire autrement, de ce qui s'est effectivement produit.
- L'expression **« en droit »** appartient au domaine du « devoir-être ». Notre société se doit de vivre en conformité avec ses lois et principes de justice. Mais cela n'est pas toujours le cas « en fait ».

Formel/Matériel

- Le **formel** se rapporte à la forme du raisonnement, de la liberté ou de la morale. Un raisonnement formel n'a pas encore été mis à l'épreuve du monde concret. La liberté et la morale sont strictement formelles si elles ne reçoivent pas de contenu déterminé.
- Le **matériel** se rapporte évidemment à la matière. Il peut s'opposer au formel ou marquer sa concrétisation (par ex., la matérialisation d'une liberté formelle).

Genre/Espèce/Individu

- Le **genre** (par ex., le genre animal) se divise en **espèces** (par ex., les invertébrés et les vertébrés) et sous-espèces (oiseaux, mammifères), qui se subdivisent elles-mêmes en **individus** concrets et indivisibles (les hommes).
- **N. B. :** les termes « genre », « espèce » et « individu » ne s'appliquent pas seulement à la biologie, mais aussi à la logique.

Hypothèse/Conséquence/Conclusion

- L'**hypothèse** peut être le point de départ que l'on se donne pour une démonstration logique (les prémisses du syllogisme) ou l'explication possible d'un phénomène, explication destinée à être soumise à l'expérience.
- Ainsi, l'hypothèse impliquera soit une **conclusion d'ordre logique** (ce qui découle des prémisses du syllogisme), soit la prédiction de **conséquences d'ordre pratique** nécessitant d'être testées.

Repères

Idéal/Réel

• L'**idéal** peut désigner ce qui n'existe que par notre pensée et notre imagination. Il peut aussi signifier la perfection d'une norme ou d'un modèle (la justice comme idéal).

• Le **réel** s'oppose à ce qui est illusoire, ou simplement du domaine du possible. On entend généralement par réel ce qui existe concrètement (par opposition à ce qui existe seulement dans notre esprit).

Identité/Égalité/Différence

• En son sens fort, l'**identité** désigne ce qui est identique et égal à soi-même. Par ex., qu'elle soit pleine ou qu'elle forme un croissant, la lune est toujours le même objet céleste, identique et égal à lui-même.

• Par ailleurs, deux objets ou êtres distincts dont la similitude est parfaite sont dits « identiques » (par ex., deux rectangles ayant exactement les mêmes dimensions).

• L'**égalité** indique que le rapport entre deux ou plusieurs objets/êtres n'implique pas de différence quantitative (dimension, poids) ou qualitative (par ex., les hommes sont « égaux en dignité »).

• La **différence** s'applique aux caractéristiques qui distinguent un ou plusieurs êtres/objets d'un autre (deux voitures produites par la même usine sont différentes, bien que, sous un certain rapport, identiques et égales).

Impossible/Possible

• Le **possible** désigne ce qui peut exister ou ce qui peut se concevoir en fonction des règles de la démonstration logique et des lois de la nature.

• Est **impossible** ce qui ne peut exister ou se concevoir à partir de ces mêmes règles et lois.

Intuitif/Discursif

• **L'intuition** est le mode immédiat de la connaissance. Elle se rattache à ce que nos sens et notre esprit perçoivent directement.

• La connaissance médiatisée par le langage et les concepts est dite **« discursive »**.

Légal/Légitime

- Est **légal** ce qui est conforme aux lois d'une société donnée.

- Est **légitime** ce qui est justifiable en raison d'une norme relevant de la morale et/ou du droit. Ainsi, l'opposition à un régime totalitaire peut s'avérer être un acte à la fois moralement légitime (la défense de la liberté humaine) et illégal (c'est-à-dire contraire aux lois liberticides du régime en question).

Médiat/Immédiat

- L'**immédiateté** est ce qui exclut tout intermédiaire.

- Dans la mesure où elle passe par la mise en forme de données sensibles et par le langage, notre connaissance du monde relève le plus souvent du domaine du **médiat**.

- **N. B. :** on fait donc souvent correspondre le médiat au discursif (impliquant le médium de la réflexion et du langage) et l'immédiat à l'intuitif.

Objectif/Subjectif

- L'**objectivité** se définit par la conformité de la pensée à l'objet de la connaissance. Est objectif ce qui ne dépend pas de mes croyances et désirs particuliers et motive rationnellement l'accord des individus entre eux.

- La **subjectivité** renvoie au sujet de la connaissance. D'une part, certaines de mes expériences, uniquement connues par moi-même, ne peuvent pas prétendre à l'objectivité ; d'autre part, en tant que sujet, je peux partager avec autrui des connaissances qui sont objectives.

Obligation/Contrainte

- L'**obligation** me lie intrinsèquement au devoir moral. Elle implique une manière d'agir ou un code de conduite dont ma conscience et ma volonté reconnaissent le bien-fondé (voir fiche 8 « Le devoir »).

- La **contrainte** est une règle – ou une nécessité d'agir – qui, par la force ou la menace, s'impose de manière extérieure à ma conscience et à mon vouloir.

Origine/Fondement

- L'**origine** se rapporte à l'événement qui constitue le point de départ d'un phénomène ou objet donné.

- Alors que l'origine relève de ce qui est premier sur le plan chronologique, le **fondement** est quant à lui premier du point de vue logique.

- Remonter à l'origine consiste à remonter dans l'ordre des faits. Remonter au fondement revient à remonter à ce qui justifie rationnellement le phénomène ou l'objet considéré.

Repères

Persuader/Convaincre

- **Persuader** désigne le fait d'amener autrui à adhérer à une opinion ou à une croyance en faisant appel à ses désirs et sentiments.
- **Convaincre** désigne le fait d'amener autrui à adhérer à une théorie ou à une idée par l'usage de la démonstration logique et de la preuve.

Principe/Cause/Fin

- D'un point de vue pratique, le **principe** édicte un certain code de conduite. Par exemple, la règle d'or « Traite les autres comme tu voudrais être traité » est un principe moral.
- Du point de vue de l'édification d'un système scientifique, le principe est ce qui vient en premier. Par exemple, l'inertie est un principe de la physique de Newton.
- La **cause** est ce qui entraîne l'émergence d'un phénomène donné, plus communément nommé « effet ». Sans l'intervention de la cause, l'effet ne saurait exister. En d'autres termes, la cause et l'effet impliquent une connexion nécessaire.
- La **fin** est l'objectif poursuivi par une action. Elle désigne aussi la raison d'être d'une chose (la finalité d'une paire de lunettes est de corriger la vision) ou le but vers lequel tend un phénomène donné.

Public/Privé

- La **sphère publique** relève des intérêts et préoccupations qui concernent l'État, la nation et le peuple. Les documents officiels (par ex., la carte d'identité) indiquent notre identité publique (susceptible d'être connue par tout le monde).
- Le **privé** trace les limites de la sphère publique. Mon identité privée n'est accessible qu'à moi-même.

Ressemblance/Analogie

- La **ressemblance** correspond à un certain degré de similitude entre deux ou plusieurs éléments.
- L'**analogie** définit l'égalité d'un rapport entre deux couples distincts d'éléments ou de concepts.

Théorie/Pratique

- La **théorie** relève du domaine de la pensée. Dans son acception scientifique, une théorie se définit par des hypothèses corroborées par l'expérience. Dans son acception la plus large, une théorie est un ensemble d'idées ou d'opinions relatives à une question donnée.

- La **pratique** caractérise une explication, un but ou un sujet relevant du domaine de l'**action**. La pratique et la théorie ne sont pas nécessairement antinomiques. Par ex., la théorie peut expliciter ce qui est vrai en pratique, et la pratique peut venir compléter la théorie.

Transcendant/Immanent

- Est **transcendant** ce qui dépasse un certain domaine considéré (Dieu est transcendant par rapport à l'homme).

- Est **immanent** ce qui est inhérent à un être. L'immanence exclut l'intervention d'une cause extérieure. L'immanence et la transcendance sont des concepts antinomiques.

Universel/Général/Particulier/Singulier

- Pour un ensemble d'éléments donnés : (1) est **universel** ce qui s'applique à tous les éléments ; (2) est **général** ce qui s'applique à la plupart des éléments ; (3) est **particulier** ce qui ne s'applique qu'à un groupe d'éléments ; (4) est **singulier** ce qui ne s'applique qu'à un seul individu.

Vrai/Probable

- Une idée **vraie** est absolument conforme à la réalité ou logiquement cohérente.

- Le **probable** admet plusieurs degrés et désigne ce qui n'est pas tout à fait certain. Une théorie est dite plus probable qu'une autre si nous avons davantage de raisons de la tenir pour vraie et si les événements qu'elle prédit ont davantage de chances de se produire.

Lexique

A

Aliénation : ce qui amène l'homme à se séparer, à se déposséder de lui-même en raison de ce qu'il produit. Ainsi, pour Feuerbach, l'homme est aliéné par le religieux : il se dépossède et se sépare de ses qualités et espérances en les projetant dans une entité extérieure qu'il appelle « Dieu ». L'aliénation est par ailleurs une notion clé chez des philosophes comme Hegel ou Marx (le « travail aliéné »).

Argument circulaire : consiste à poser dans les prémisses de nos raisonnements ce que nous souhaitons prouver. Pour les philosophes sceptiques, le critère de la vérité est un argument circulaire : nous présupposons ce qu'est le vrai afin de prouver le vrai (voir fiche 18 « La vérité »).

Autrui : désigne une autre personne que moi ou, plus généralement, l'ensemble des autres êtres humains qui m'entourent. Chez Descartes*, la certitude de ma propre conscience est première. La connaissance d'autrui est difficile, car l'existence d'autres consciences en dehors de la mienne est incertaine. C'est le problème du solipsisme. Hegel*, au contraire, affirme que, pour atteindre la certitude, la conscience de soi doit être reconnue par autrui.

C

Croyance : fait d'adhérer à une idée ou à une théorie en l'absence d'une démonstration logique et/ou empirique. La croyance n'est donc pas nécessairement fausse : elle est une opinion qui n'a pas été prouvée ou justifiée par la raison.

D

Déterminisme : approche philosophique qui récuse l'idée d'un libre arbitre. Au même titre que les phénomènes naturels, nos actions seraient déterminées par des chaînes de causes et d'effets. Spinoza*, par exemple, défend le déterminisme et soutient que notre conscience d'agir librement est illusoire (car nous n'avons pas conscience des véritables causes de nos actions).

Doute : traduit, en son sens courant, une incertitude ou une suspicion (par ex. : « Je doute que ses intentions soient bonnes. ») Dans son acception philosophique, le doute implique la résolution de ne pas arrêter son jugement sur une thèse ou une idée définitive. Le doute admet plusieurs degrés. Chez les philosophes sceptiques, la suspension du jugement est permanente. Le doute cartésien, en revanche, est dit « méthodique », car sa visée est d'établir une première certitude (soit le *cogito*).

Droit naturel : droit qu'ont les hommes par nature, c'est-à-dire indépendamment et au-delà de ce qu'est concrètement le droit dans tel ou tel pays (soit le droit positif). Le droit naturel est souvent déduit de l'état de nature. Certains penseurs récusent le droit naturel. Selon eux, seul existe le droit positif.

E

Empirisme : courant philosophique à distinguer du rationalisme. Pour les philosophes empiristes (comme Bacon*, Locke*, Condillac* ou Hume*), nos connaissances dérivent de l'expérience sensible. Ainsi, l'empirisme s'oppose généralement à la théorie des idées de Descartes* (voir l'ouvrage de Locke, *Essai sur l'entendement humain*), au fait que la morale puisse être fondée par la raison (voir le livre de Hume, *Enquête sur les principes de la morale*), ou encore à la thèse suivant laquelle le beau serait un archétype (Voltaire*).

État de nature : stade hypothétique et originel de la vie humaine, dénué de lois et d'institutions politiques. Pour des philosophes politiques comme Hobbes, Locke ou Rousseau, l'état de nature est une étape méthodologique visant à déterminer le fondement et les fonctions relevant de l'État et du droit.

F

Foi : confiance et reconnaissance ferme à l'égard du divin. La foi est de l'ordre de la religion (plus particulièrement les religions monothéistes). Elle se distingue de la croyance dans la mesure où elle est une résolution destinée à être durable (soit l'idée de garder la foi, y compris en des périodes où Dieu semble nous avoir abandonnés). Pour de nombreux philosophes des Lumières, la foi serait simplement de l'ordre de la superstition. Pour Pascal* et Kierkegaard*, au contraire, les pouvoirs de la raison humaine sont limités, et il est donc nécessaire que la philosophie accorde une place à la foi.

H

Histoire : science qui, en s'appuyant sur des documents et témoignages, vise à établir de manière rigoureuse les événements et mentalités du passé. Pour le philosophe Wilhelm Dilthey*, l'histoire, contrairement aux sciences naturelles, a davantage pour objectif de comprendre que d'expliquer (voir « Repères 45 »). Chez Hegel*, Marx* ou Auguste Comte*, la philosophie de l'histoire vise à établir la signification et le but de l'évolution historique des hommes.

Historicité : ayant trait à ce qui est historique. Dans son acception philosophique, l'historicité implique qu'un objet – ou une idée – ait une origine historique et se développe à travers l'histoire. Pour Hegel*, par exemple, la liberté humaine n'est pas une donnée immédiate. Les hommes se font libres à travers l'histoire. On peut alors parler d'une « historicité de la liberté ».

I

Imagination : capacité humaine et innée grâce à laquelle nous formons des images (ou représentations) dans notre esprit à partir de perceptions sensorielles antérieures. Ainsi, l'imagination ne se rapporte pas seulement à la création artistique (par ex., un grand romancier faisant preuve d'imagination). La mémoire, mais également la manière dont nous concevons les actions que nous allons accomplir (notre rapport au futur) font appel à l'imagination.

Instinct : composante innée déterminant des comportements spécifiques, irrépressibles et inaltérables chez les individus d'une même espèce. Par exemple, l'instinct maternel, l'instinct sexuel, l'instinct de prédation, etc.

M

Maxime : la formulation, brève et générale, d'une loi ou d'un principe moral auquel nous soumettons notre action. « Traite les autres comme tu voudrais être traité » est une maxime. Il ne faut pas confondre ce genre de maximes (relevant de la « règle d'or ») avec celle de l'impératif catégorique kantien : « Agis toujours de telle sorte que la maxime de ton action puisse être tenue pour une loi universelle. » Le fait de traiter les autres comme nous voudrions être traités ne correspond pas à une maxime que l'on peut universaliser, car chacun juge, selon ses besoins subjectifs, de la manière dont il souhaiterait être traité. En revanche, « Dis toujours la vérité » est, selon Kant*, une maxime pouvant « être tenue pour une loi universelle » (voir fiche 8 « Le devoir »).

P

Paralogisme : erreur de raisonnement qui, à la différence du sophisme* (voir plus bas), est involontaire. Le paralogisme contredit les règles formelles de la déduction logique, c'est-à-dire du syllogisme* (voir plus bas). Par exemple, « Tout homme est mortel ; or, mon chat est mortel ; donc mon chat est un homme » est un paralogisme (la relation « chat/homme » posée par la conclusion n'est pas contenue dans les prémisses).

Passion : affection corporelle nous poussant à agir. Descartes* définit les passions comme « toutes les pensées qui sont excitées en l'âme sans le secours de la volonté ». Pour Hume*, « la passion est une émotion violente et sensible de l'esprit à l'apparition d'un bien ou d'un mal, ou d'un objet qui, par suite de la constitution primitive de nos facultés, est propre à exciter un appétit ». Ainsi, nos besoins (comme la faim ou la soif) relèvent du domaine des passions. Nos désirs sont des passions particulières, car ils vont au-delà de la satisfaction de nos besoins vitaux.

R

Rationalisme : courant de pensée selon lequel seule la raison peut être à la racine de nos connaissances. Descartes* et Leibniz*, entre autres, sont des philosophes rationalistes. Tant sur le plan de la théorie de la connaissance que sur celui de la morale, l'opposition entre rationalisme* et empirisme* (voir plus haut) est une importante clé de compréhension de l'histoire de la philosophie occidentale.

Refoulement : concept relevant de la psychanalyse. Le refoulement repousse dans l'inconscient les désirs dont la manifestation et l'accomplissement sont inacceptables pour la conscience. Selon Freud*, le refoulé se manifeste dans les rêves, les actes manqués (oublis motivés par des désirs inconscients), ou encore les symptômes de la névrose.

Régression à l'infini : désigne le problème de la recherche d'un critère ou d'un principe premier. Pour les philosophes sceptiques, nos raisonnements partent inévitablement de prémisses que nous considérons comme allant de soi. Pour démontrer la validité de nos prémisses, nous sommes poussés à un autre raisonnement admettant lui-même certaines prémisses comme allant de soi. Cette tâche s'avère ainsi sans fin. Une démonstration définitive serait impossible.

S

Sacré : concerne, à la différence du profane, tout ce qui a directement trait à une religion donnée (rites, interdits, mythes). Le sacré désigne également le mode d'expérience par lequel l'homme se rapporte au divin. Le sacré est souvent décrit comme une expérience ambivalente, au sein de laquelle s'entremêlent terreur, admiration et respect.

Scepticisme : courant philosophique selon lequel la vérité n'existe pas ou est impossible à établir. Les sceptiques visent l'*épochê* (c'est-à-dire la suspension du jugement) et l'ataraxie (c'est-à-dire la « tranquillité » de l'âme). Pyrrhon*, Sextus Empiricus*, David Hume* et Montaigne* sont apparentés au courant sceptique. Il existe toutefois des différences de degré quant au scepticisme. Ainsi, selon Hume, il ne faut pas s'abandonner à un scepticisme outré qui, allant à l'encontre de nos habitudes les plus fermement établies et de nos croyances les plus irrépressibles, ne modifierait en rien nos manières d'agir et de penser.

Sophisme : raisonnement fallacieux qui se donne l'apparence de la logique afin de tromper le lecteur ou l'auditeur. À la différence du paralogisme, le sophisme suppose l'usage volontaire d'un syllogisme erroné dans le but de persuader autrui. L'argument *ad hominem* est un exemple de sophisme. Cet argument consiste à nous faire croire qu'un raisonnement est faux en se focalisant sur un défaut, sur une caractéristique particulière de la personne l'ayant formulé. Voici un exemple d'argument *ad hominem* : « Cet homme n'a jamais fait preuve de bravoure. Par conséquent, ses raisonnements sur le courage sont faux. »

Syllogisme : pose les règles formelles de la déduction logique. Le syllogisme implique deux propositions (ou prémisses) de départ – la majeure et la mineure – qui en entraînent logiquement une troisième – la conclusion. L'illustration la plus connue du syllogisme est : « Tous les hommes sont mortels ; or, Socrate est un homme ; donc Socrate est mortel. » Soit, de manière formelle : A est B ; or, C est A, donc C est B.

Index des auteurs

De l'Antiquité jusqu'à Bentham

Platon (v. 428-348 av. J.-C.) : *voir encadré p. 19.*

Aristote (384-322 av. J.-C.) : *voir encadré p. 39.*

Épicure (341-270 av. J.-C.) : philosophe grec qui fonda sa propre école philosophique, l'épicurisme.

Épictète (50-v. 130) : philosophe grec. Il est l'un des plus célèbres représentants du stoïcisme.

Sextus Empiricus (IIe-IIIe s.) : philosophe et médecin grec. Il est l'une des figures les plus emblématiques du scepticisme.

Saint Augustin (354-430) : *voir encadré p. 47.*

Saint Thomas d'Aquin (v. 1224-1274) : *voir encadré p. 41.*

Nicolas Machiavel (1469-1527) : penseur italien. Son traité intitulé *Le Prince* constitue une œuvre majeure dans l'histoire de la philosophie politique.

Michel de Montaigne (1533-1592) : philosophe français. Humaniste et sceptique, il est célèbre pour ses *Essais.*

Francis Bacon (1561-1626) : homme d'État et philosophe anglais. Son ouvrage intitulé *Novum Organum* (1620) est annonciateur des méthodes scientifiques modernes.

Thomas Hobbes (1588-1679) : *voir encadré p. 42.*

René Descartes (1596-1650) : *voir encadré p. 43.*

Blaise Pascal (1623-1662) : *voir encadré p. 38.*

John Locke (1632-1704) : philosophe empiriste anglais souvent considéré comme l'un des précurseurs du libéralisme.

Baruch Spinoza (1632-1677) : philosophe néerlandais. Son œuvre majeure s'intitule *L'Éthique.*

Gottfried Wilhelm Leibniz (1646-1716) : *voir encadré p. 45.*

George Berkeley (1685-1753) : philosophe empiriste irlandais demeuré célèbre pour sa négation de l'existence de la matière.

Montesquieu (1689-1755) : écrivain français célèbre pour son ouvrage intitulé *De l'esprit des lois* (1748).

Voltaire (1694-1778) : écrivain et penseur français. Figure emblématique de la philosophie des Lumières.

David Hume (1711-1776) : *voir encadré p. 22.*

Jean-Jacques Rousseau (1712-1778) : *voir encadré p. 34.*

Emmanuel Kant (1724-1804) : philosophe allemand. Il est l'une des figures les plus importantes de la philosophie moderne.

Jeremy Bentham (1748-1832) : philosophe anglais. Père fondateur de l'utilitarisme.

De Hegel jusqu'au XXIe siècle

Georg Wilhelm Friedrich Hegel (1770-1831) : *voir encadré p. 29.*

Arthur Schopenhauer (1788-1860) : philosophe pessimiste allemand. Sa principale œuvre s'intitule *Le Monde comme volonté et comme représentation* (1819).

Auguste Comte (1798-1857) : philosophe français à l'origine de la doctrine du positivisme.

Ludwig Feuerbach (1804-1872) : philosophe allemand célèbre pour sa critique de l'aliénation de l'homme par la religion.

Alexis de Tocqueville (1805-1859) : *voir encadré p. 24.*

John Stuart Mill (1806-1873) : philosophe anglais. Il popularise et développe la théorie utilitariste imaginée par Bentham.

Søren Kierkegaard (1813-1855) : philosophe danois souvent considéré comme l'un des précurseurs de l'existentialisme.

Karl Marx (1818-1883) : *voir encadré p. 30.*

Friedrich Engels (1820-1895) : philosophe allemand. Il est, avec Karl Marx, le fondateur de la doctrine communiste.

William James (1842-1910) : philosophe et psychologue américain. Il est l'un des plus célèbres représentants du pragmatisme.

Friedrich Nietzsche (1844-1900) : philologue et philosophe allemand célèbre pour sa critique de la religion, de la morale et de la conscience.

Sigmund Freud (1856-1939) : *voir encadré p. 46.*

Ferdinand de Saussure (1857-1913) : linguiste suisse considéré comme le fondateur du structuralisme.

Émile Durkheim (1858-1917) : *voir encadré p. 49.*

Henri Bergson (1859-1941) : *voir encadré p. 52.*

Edmund Husserl (1859-1938) : philosophe allemand et père fondateur de la phénoménologie.

Pierre Duhem (1861-1916) : homme de science et épistémologue français. Son ouvrage le plus célèbre s'intitule *La Théorie physique : son objet, sa structure* (1906).

Max Weber (1864-1920) : *voir encadré p. 34.*

Rudolf Otto (1869-1937) : théologien et philosophe allemand. Il s'est particulièrement illustré dans l'étude comparée des religions.

Martin Heidegger (1889-1976) : philosophe allemand célèbre pour son ouvrage *Être et Temps* (1927), ainsi que pour sa critique de la technicisation des sociétés modernes.

Ludwig Wittgenstein (1889-1951) : philosophe d'origine autrichienne ayant exercé une influence majeure sur la philosophie du langage et la philosophie analytique contemporaines.

Karl Popper (1902-1994) : *voir encadré p. 28.*

Jean-Paul Sartre (1905-1980) : *voir encadré p. 26.*

Hannah Arendt (1906-1975) : philosophe d'origine allemande ayant consacré l'essentiel de ses travaux à l'étude des divers problèmes soulevés par le totalitarisme.

Claude Lévi-Strauss (1908-2009) : anthropologue français et père fondateur de l'anthropologie structurale.

Thomas S. Kuhn (1922-1996) : philosophe américain spécialisé dans l'histoire des sciences. Son ouvrage majeur s'intitule *La Structure des révolutions scientifiques* (1962).

Imre Lakatos (1922-1974) : philosophe des sciences d'origine hongroise. Son travail s'est attaché à dépasser l'opposition entre la théorie de Popper et celle de Kuhn.

Bibliographie

- Vous trouverez ici quelques **conseils de lecture** afin de compléter et d'approfondir votre travail.
- Ces conseils de lecture sont classés par **catégories** : **anthologies et manuels** (groupements thématiques de textes extraits d'œuvres philosophiques ou approfondissement de certaines notions, le principe étant d'employer ces références avec discernement, en fonction de vos besoins), **dictionnaires et lexiques** (à consulter ponctuellement, en fonction de vos besoins), **ouvrages d'initiation** (présentant un ou plusieurs aspects du programme), **ouvrages de méthodologie, œuvres ou extraits d'œuvres philosophiques** dont la lecture est accessible dès la classe de terminale. Les références sont classées par **ordre alphabétique** au sein de chaque catégorie.
- Le **nombre d'étoiles** à la suite de chaque référence précise le **niveau de difficulté** (une étoile signifie que la référence est accessible dès le début de l'année scolaire, les références signalées par deux ou trois étoiles demandent plus de maîtrise et d'expérience).

Reportez-vous à la fiche 30 « Méthodologie de la lecture suivie d'une œuvre » pour tirer le meilleur parti de vos lectures.

I Anthologies et manuels

- Chanthalangsy, Phinith, Crowley, John, *Manuel de philosophie : une perspective Sud-Sud*, Paris, UNESCO, 2014. **
- Chomienne, Gérard, *Lire les philosophes*, Paris, Hachette Éducation, 2004. *
- Gourinat, Michel, *De la philosophie*, tomes I et II, Paris, Hachette supérieur, 1998. ***
- Morichère, Bernard, *Philosophes et philosophie*, tomes I et II, Paris, Nathan, 1992. **
- Russell, Bertrand, *Histoire de la philosophie occidentale*, vol. I et II, Paris, Les Belles Lettres, 2011. **

II Dictionnaires et lexiques

- Comte-Sponville, André, *Dictionnaire philosophique*, Paris, PUF, 2013. ***
- Hansen-Love, Laurence, *La Philosophie de A à Z*, Paris, Hatier, 2011. *
- Morfaux, Louis-Marie, Lefranc, Jean, *Vocabulaire de la philosophie et des sciences humaines*, Paris, A. Colin, 2011. *
- Muglioni, Jean-Michel, *Repères philosophiques : comment s'orienter dans la pensée*, Paris, Ellipses, 2010. **

III Ouvrages de méthodologie

- Bonan, Ronald, Cristiani, Pascal, *Guide pour l'explication de texte philosophique*, Paris, Ellipses, 2004. *
- Russ, Jacqueline, Farago, France, *Les Méthodes en philosophie*, 3e édition, Paris, Armand Colin, 2017. ***

IV Ouvrages d'initiation

- Blackburn, Simon, *Penser : une irrésistible introduction à la philosophie*, Paris, Flammarion, 2008. ***
- Comte-Sponville, André, *Présentations de la philosophie*, Paris, Le Livre de Poche, 2002. ***
- Droit, Roger-Pol, *La Philosophie expliquée à ma fille*, Paris, Éd. du Seuil, 2004. *
- Dupré, Ben, *Juste assez de philosophie pour briller en société*, Paris, Dunod, 2009. *
- Nagel, Thomas, *Qu'est-ce que tout cela veut dire ? – Une très brève introduction à la philosophie*, Paris, Éd. de l'Éclat, 2015. *
- Pépin, Charles, *Une semaine de philosophie : 7 questions pour entrer en philosophie*, Paris, J'ai lu, 2008. **
- Precht, Richard David, *Qui suis-je et, si je suis, combien ?*, Paris, Pocket, 2012. ***
- Russell, Bertrand, *Problèmes de philosophie*, Paris, Payot, 1989. **

V Œuvres ou extraits d'œuvres philosophiques

Il s'agit d'ouvrages classiques dont il existe, bien souvent, plusieurs éditions. C'est pour cette raison que nous n'avons indiqué rien d'autre que le nom de l'auteur et celui de l'œuvre.

- ALAIN, *Éléments de philosophie.* *
- DESCARTES, René, *Discours de la méthode.* **
- ÉPICTÈTE, *Manuel.* *
- ÉPICURE, *Lettre à Ménécée.* **
- KANT, Emmanuel, *Idée d'une histoire universelle au point de vue cosmopolitique.* **
- PLATON, *Apologie de Socrate, Hippias majeur, Le Banquet.* *
- SARTRE, Jean-Paul, *L'existentialisme est un humanisme.* *
- SPINOZA, Baruch, *Éthique, appendice à la première partie.* **

Édition : Audrey Sandou ; **Conception graphique** : Muriel Ouziane ;
Crédits iconographiques : Index des auteurs : Jeremy Bentham © Costa / leemage – Martin Heidegger ©Farabola/Leemage – Karl Popper © Suddeutsche Zeitung / Leemage – Jean-Paul Sartre © Rene Saint Paul / Bridgeman images – Claude Lévi-Strauss © UNESCO/Michel Ravassard – Thomas Kuhn © Photo Bill Pierce/The LIFE Images Collection via Getty Images/Getty Images – Imre Lakatos © Photo12 / Alamy / History Collection 2016.
Mise en pages : Nord Compo

5, allée de la 2e DB - 75015 PARIS
www.magnard.fr
www.specialbac.magnard.fr

PEFC 10-31-1895

Achevé d'imprimer en France, en novembre 2021, par l'imprimerie CHIRAT
Dépôt légal : janvier 2022 ; N° éditeur : MAGSI20210704